生日写给母亲

琳子　著

“深扎”文丛

SHENGRI XIEGEI MUQIN

生日写给母亲

琳子 著

河南大学出版社
HENAN UNIVERSITY PRESS
·郑州·

图书在版编目(CIP)数据

生日写给母亲/琳子著. —郑州:河南大学出版社,2018.6

("深扎"文丛)

ISBN 978-7-5649-3394-4

Ⅰ.①生… Ⅱ.①琳… Ⅲ.①诗集—中国—当代 Ⅳ.①I227

中国版本图书馆 CIP 数据核字(2018)第 138889 号

项目总策划 侯若愚
责任编辑 任湘蕊
责任校对 韩 琳
封面设计 侯一言
出版发行 河南大学出版社
地址:郑州市郑东新区商务外环中华大厦 2401 号 邮编:450046
电话:0371-86059701(营销部) 网址:www.hupress.com
印 刷 河南瑞之光印刷股份有限公司
版 次 2018 年 12 月第 1 版 **印 次** 2018 年 12 月第 1 次印刷
开 本 889mm×1194mm 1/32 **印 张** 7.75
字 数 215 千字 **定 价** 36.00 元

倾听生命的一呼一吸

（序）

邓万鹏

读完琳子的这部诗稿，我只想说，没有一定的阅读准备的人最好不要读琳子。

否则你会被这些诗点燃，仿佛即使你满地乱走，也不能立即抖掉落你身上的火苗，你会不知所措。你甚至还来不及击节，来不及赞叹，你可能已经被这些神奇的诗行缠住了，不知不觉你不知道作为读者的你已经着了什么魔。它们给你带来一个又一个发愣的瞬间，渐渐地你会被这些充满神性的诗抓住，越抓越紧，是的，越抓越紧。这时的你不得不放下别的，心甘情愿地坐下来，你无法不坐下来，无法不读下去，直到你放下这部诗稿。是的，就是在这样的情形下我一边读着琳子的诗，一边思考着究竟是什么使得琳子的诗形成了如此奇妙的艺术魔力。

是的，这是出自一位普通女诗人之手的诗。无疑，琳子的诗多以女性独有的视角来审视生命本身，并以女性特有的方式来感知生活和这个世界上的所有事物，她感恩生活给予她的一切。如果说女性特有的细腻和敏感常常使她的诗蒙上一层特有的神秘主义色彩，那么女性的坚韧和包容往往又使她的诗获得了一份特有的厚重和辽阔。古往今来，女性的负重和付出、女性的痛苦和疼痛、女性的隐忍和伟大重又在琳子笔下得到了全新的发掘和升华，在她的每一首诗中，琳子几乎把女性诗人的优势发挥到了淋漓尽致的程度，但仅仅因为这些就把琳子的诗归为女性诗歌，你会犯下大错。因为诗人在作品中所反映的思想意识或是胸襟情怀都已远远超出了诗人的性别。她只是在诗中为我们提供了特殊视角和感知方式而已。这一首首饱满而灵光闪烁的诗确立了琳子作为诗人目前所达到的位置。这是琳子多年苦修的结果,也是她诗歌智慧和才华的集中展示。

读过她的诗就可以看到,春夏秋冬,雨去风来,花草树木,鸟兽鱼虫,还有生老病死,亲情、友情、爱情,生命的一呼一吸,亲人的一声咳嗽,雪夜瓦屋上一只猫留下的寂静,下班后小黄狗迎上来的亲昵,或早年豫北乡间生活记忆的点点滴滴,甚至一次出游,一次聚会,可以说生活中没有什么不可以构成她的诗歌资源,但资源总归是资源,如何把资源变成真正的诗,却要看诗人的造诣和本领,琳子不但拥有了这种造诣和本领,而且还不仅仅是这些。她的诗给我们带来的阅读喜悦和某种满足是值得专门去总结的,但绝不是这篇千字小文能承担的。这些诗的质地是坚实的,可以毫不夸张地说,这些富于灵性的成熟之作已然磊磊悬垂于诗国的夜空,就像银河中突然多出来的星星,等待着某种命名。

你可以随便从这些诗中抽出一首来读,我敢保证,是不会让你失望的。无论是在现代手法的纯熟运用上,还是浑然天成的诗歌结构上,甚或是特定的现代诗歌语言的形成上,可以毫不夸张地说,这些诗都几乎达到了相当的水准和要求。无论是现实主义还是现代主义用在琳子这里都显得生硬,她几乎把各种主义、各种手法都涵盖进去了。虽然琳子自己从来不谈主义,但主义固然还是有的,只不过到了琳子这里已经被她糅合了,融合了,从而使我们在阅读的盛宴中已无暇顾及它们是什么主义了。看看这首《春天里,听到一个小女孩在楼下高喊一个小男孩》吧,诗不长,不妨全引:

很多年前
肯定也有一个小孩子
站在我家墙后,一遍一遍高声喊我

他是那么小

比书包和一只红颜色的
铅笔还小

他一遍一遍喊我，叫着我上课用的名字
在墙后边。他只是想找我

踢踢沙包，或者
看看我的玻璃糖纸。再或者，什么也不干

一个小人也有孤独
他的孤独多么干净。喊着
一个人的名字，绕开她的父母，不进

她的家

这首诗最能说明琳子。这是一首以叙事语调讲述的童年故事，这样的故事可能人人都有，但如何把这个常见的诗歌素材化成一首近乎经典的诗就不是轻而易举的事了。很久以前，有一个小男孩放学以后在门前高声喊着一个小女孩的名字，他要找她玩，他只是在门口高声地喊着，他不进她的屋子。这是一个多么平常而又难忘的情节啊，可谓青梅竹马、两小无猜的现代版。那该是何等纯洁何等美好的人之初啊，人们长大后由于社会的浸染，这样纯粹的人际早已变得难以觅得了，正因如此，这个素材似乎找到了异乎寻常的现实意义。诗人漫不经心地拾起了它，抹去时间的厚厚灰尘，几番沉淀，几番打磨，几番酝酿，变成了不可多得的诗歌珍珠。

你看诗人是多么不动声色地把叙事和抒情浑然地糅成一种合金！她又是如何把人称和物称大胆放在一起使用，如何在人和物的代词转换中把人和物变成同一种事物，她是如何在129个汉字的倒来倒去中成功地运用着语言魔术，如何把那个很久以前遗失已久的“铅笔”、那个“沙包”、那个弃置已久的“书包”和家里的院

“墙”变成生动鲜活的现代意象，还有那方小小的“玻璃糖纸”，在这一刻为什么散发出比糖纸本身还要甜的糖味？

无论是现代诗歌技巧还是意象的转换或分行，诗已近于完美。14 行诗中到处布满了意象，简直到了一步一景、一步一境的境界，分析这样的诗需要端起放大镜来细读，拥有精确度和完美度的诗是经得起细读和反复阅读的。这样的诗在琳子的诗稿中不能说首首皆然，但也占了相当高的比例。总之，琳子是非常值得一读的诗人，是近年诗坛不可多得的新诗人。

2017.8.16　北京

（邓万鹏，当代诗人，中国作家协会会员。1977 年考入东北师范大学中文系，1982 年毕业。1984 年 9 月入河南，长期从事媒体副刊工作。著有诗集散文集《时光插图》《走向黄河》《冷爱》《不敢说谎》等十余本。作品被收入各类年度诗歌年选集、诗人辞典。曾获第一届杜甫诗歌奖、大河主编诗歌奖、河南诗人现代诗歌奖等。）

目　录

卷一:离太阳最近

卷二：生日写给母亲

卷三:一切都在生长

卷四:打碎我,生出你

卷一：离太阳最近

武　汉　行

像一截干草
我找到了水汪汪的稻田

但我不能湿润
我是干草
我的根陷在小麦深处

在武汉
我吃着米
低头想着面

2006.5.16

炼钢之事

——舞钢行

我惧怕那种
巨大的热
我小心地站在铁板架起来的
窄廊上。这是给人
观察的廊子。我的裙子
多么不合时宜

我惧怕那种逼人的
燃烧。我看到一块四四方方的铁
在铁床上被推来推去
周围是另外一种铁把它
一点一点撞进去
直撞到它自己规定的边框里

我忽然被另一种巨大的
倒塌的声音
惊动。那是水
一种薄薄的水
稀释的水
神秘的水
扑在熊熊燃烧的
事物的中心

我惧怕
钢铁滚动的车间。现在的情形
就是这样
机器和铁
所有的动作和声音
都是它们自己的

2006.8.4

钉子之想念

——舞钢行

想象中的
一根钉子。崭新
或者弯曲
或者被尘土掩埋多年。山水是它的
母体。它从一大块生铁的
肉体上
被匠人用锤子和炉火切割下来

钉子钉在
木头里。木头和木头就有了
支撑点
和硬度。而木头
曾经是一次植物、一次纤维
和一次果实

在舞钢
我感觉大街上每一个穿大裤衩的老人
都有一张和蔼温暖的紫脸膛
如果走进他们的家
都能在墙角找到一把
老锤子、皮褡裢和一只
掉渣的老火炉

2006.8.4

红盾醉酒

——义马行

红盾红盾
你是一家酒店,我们要在这里
打开仰韶
我来自东

坐吧坐吧
团团而坐,红的衣服
红的脸。擦擦额头,咧开嘴巴
筷子是两根透明的绳索
是垂直的绳索,我们沿着绳索
取得舌尖上的美味
路上还有人朝这里猛跑
他把奔跑的消息
带给众人

你站起来
在纸片上印证你的影子,你的宁迹
大而美
对准焦距,他从外向内
测量一个人的目光。哦
他们善良
善良到能把酒变回粮食
诞生在唇上

听我说
这是一次古老的聚会
古老到犹如
煤的一次形成
听我说，我们的家园开口向上
对所有的人都赠送
果实、河流和
煤。听我说

让我们再次站起来，把所有的手
叠放在一起

2007.6.29

西吴庄，好人在一起

——原阳黄河湿地行

好人在一起会做很多好事
会赞美刚插的稻谷
吃草的羊群
会顺着黄河大堤回到农村，黄河的淤泥
落满夕阳
小鸡在麦草垛刨食
那些很大的草狗让人多少有些恐惧
这没有关系，你看主人正抱着它的脖子给它说话
好人在一起就是这样容易满足

这是一块古老的土地
黄河淹没过它，又把它从土里
澄净出来。好人在一起会在泥塘里种上很多的莲藕
挖藕的人也是种藕的人

好人在一起会享受一条通往另一个村子的小路
做个种豆回家的人。豆花开在木头上
木头的根烂在泥巴里
它们如今都是守旧的主人。茄子花
石榴花、丝瓜花
灯光下一朵一朵竖立起来，还在不停地抖动
好人在一起就是很多
野生的小花共同住在微风拂动的院子

2007.7.9

离太阳最近

——厦门行

离太阳最近的地方
是最黑的地方
一种晒
是落在脸上的痒。女人
你包起脖子以上的部分,养育
那里的亲吻
谁是你最后送走的孩子
你站在浪花之前
像石头那样保持足够长的沉默

我是你身体外的一个村庄。妈妈
我用一生的时间
来长全你所有的部落
现在,我的性别被一点一点催生

谁能从胸口真正打开我的身体
木棉沿着窗口已经长到了房顶。它始终晃动着
暗红的胎记

2008.3.16

炮　台

——厦门行

在虎门看到炮台
我就想马上回身做一名晨炊的女子
在中原用小麦
供养起海的士兵
烧起炊烟
给他们看到

是的
这枚大炮依旧装着未出膛的一枚炮弹
成为大陆
河流和山脉的一部分

2008.3.16

鼓 浪 屿

——厦门行

我时刻产生一种冲动
鼓浪里有着歌唱人的脸
他黝黑
一边敲打着金黄的腿骨
一边吃着花朵

我跟在他身后
不是为了嫁他
而是为了那种迷香

那些斗大的音符
他们最终把它们从墙壁上遣送回来
遗留的坑坑点点
全部是陷阱

所有的歌手你们要在这里变成
最后的贝壳

2008.3.16

南水北调

——荆紫关行

雨水下进了丹江
丹江是低了
还是高了
我们脚下的淤泥,埋住了
深处的青山
我们用树枝把鞋底上的泥巴刮掉

丹江的水那么清澈
看不到浅处的鱼骨和蚌壳
四面的低山让出了
后面的另一座低山。这真好
莫非填充在它们中间的
还是丹江吗

雨水下进丹江
雨水亮闪闪,把丹江封闭
谁在船头系一条绳子
谁把刚编结的一只白颜色的草鞋,穿在脚上

鱼呢,鱼们是水下的墓碑
在成为墓碑之前
它们什么都看得见

听得见。不管是大如牛犊的老鱼
还是小如针尖的草鱼,都是

2009.7.14

渠首观水

——荆紫关行

这就是渠首吗
南水北调中线就是从这里
掘开的吗

下雨的时候，它是那么黄
那么混。它带来的泥泞
穿越了树林、坟墓和村庄
它的落差
把反光溅得很高

我们看不到大闸深处的撞击
分水岭上的青草丛，开满钉子一样的小黄花
黄的牛黑的牛在青草里
不抬头

2009.7.14

荆　轲　塔

——易县行

有塔的地方就有哭泣
就有跪拜
就有永恒的牙齿、骨髓和胸腔

有塔的地方就有朝政
有民风
有破解玄关的秘方。有塔的地方

就有造塔的人
祭塔的人

2010.7.19

老子道德经幢

——易县行

把自己当一段文字
嵌进石碑
作为石碑的局部,和石碑一起
成为向上的
某处讲义。太破碎了

就焊接。道德其实很硬
需要空间和底座

如果被圈进铁质的栅栏,如果被保护
如果在它的对面
继续保持合影的角度

那就是,我已经
顺从你一次,我还要顺从你若干次
你看,你看啊
这其实是深扎到骨髓的
一处暗伤

2010.7.19

易 水

——易县行

过了易水
就可以杀人

匕首指向黑暗
匕首上的易水之光
在很深的城堡
成为最后的故土。愤怒的人啊

你要翻越多少个黑夜
才能抵达仇人的疆域,才能
以闪电的姿势
俯冲仇人的权杖

你过了易水
易水就开始大面积断流
干旱的河床正一点点抱回它的泥沙
在最深的季节

你带走了三条易水
你把鱼骨一样的砖头瓦块
留在岸上

2010.7.19

在易河捡石头

——易县行

注定
我要在易水的断流季节
带走一块石头
我天性喜欢冷
喜欢硬。注定
我要在众多的石头中
找到河流的雏形。同伴们都说

我是认真的
我蹲在河床上
你们观察我就像易水的汛期
观察我
我在众多的石头中
不迷惑

持剑之人
如果你在河床的下边沉睡，请你
吐出你那块
青色的。我的手

在碰你。你疼不疼
你痒不痒。我的手不漏阳光
只漏碧血

2010.7.19

清 西 陵

——易县行

向西
就是清朝了。死掉的年轻皇帝
回到这个角落
他清瘦的脸，入土
他的国家，已经被国家收回

这是他最后的家
他带来的女人，有绿色的房檐
松树美丽的时候可以叫
白皮松。松树紫红的时候
毛毛虫们在针叶里，孵出她的家族

其实
盗墓贼不喜欢女人，只喜欢权势
和金钱。最后守着井台的
是种菜的农妇，有人也叫她

美女。其实
种菜菜也开花

2010.7.19

在三门峡

——三门峡行

在三门峡，我是一个痴迷落差的人
提灌是一种危险的运动
有些黑，有些冲动
放牧的季节远比圈养的季节持久
你站在坝上
多么小

在三门峡
没有找到梳妆台不妨把天鹅当成镜子
不妨站在栅栏之旁打听虢国的
地下城堡有没有开满红叶子

在三门峡，我的高跟鞋那么小，那么窄
河西的梅豆角开花，那小紫花
也向河东开。呜呜——呜呜——拉货的黑火车没有
黄河长，它钻过山洞去陕西了

2010.11.6

三门峡大坝

——三门峡行

那一片爱情之草被我们辨认
带来欣喜和悲伤
那草已经霜过。女人啊
我们都是渴望变回草籽的人，在这片草地
哭泣一次吧。仅仅是

一阵阳光突然亮了一下。时间太紧
不能回到淤泥深处。按说

是应该亲近一下
拥抱一下。这只需找到——

紫红的香气。在三门峡的闸口
在黄河的浅水区
在秘密的流程中间。都是

2010.11.6

青　牛

——三门峡行

道德已经简化成三门峡的一道风景
那就捏紧门票，早去早回
牛栏里也可以放生，牛蹄子也是一种
洁净之物。是神器

你祭奠的，正是你抛弃的
它们和你已不在一个母体
你只是在一头牛的脊背上，漂浮到了晚年
它是另一种植被和水流

因此，在《道德经》里
我只信任牛

2010.11.6

天 鹅

——三门峡行

她们
是真的天鹅
因为,她们无法离开

所以,天鹅和飞翔并不是一回事
就像我来到这里
就没有了飞翔。我受伤
在你的流域,安度晚年

我是黑翅膀的那只。我喜欢足下的暗流
你已经远去,你还要远去
你必将远去

我飞翔已尽
我必须放弃高度、对抗和孕育
在干旱季节成为一块

固定的风景,然后
入土为安

2010.11.6

峡　　谷

——豫西大峡谷行

在峡谷中深呼吸
在峡谷中晒太阳
在峡谷中把手伸进
更深的静水。在峡谷中走在
你前面。在峡谷中

深呼吸是呼吸到了
更深的地气
晒太阳是晒到了
更亮的太阳。在峡谷中把手伸进
更深的静水就是抓住了另一种静水
在峡谷中走在你前面
是走出一场祭奠。在峡谷中

停留,我就是峡谷的一部分
峡谷深我就深
峡谷上升我就上升
我的呼吸就是峡谷的呼吸
峡谷的红就是
我体内的红,是我藏在骨髓和小腹内的红

峡谷的水流经过我的腿骨,经过我的

乌发和头顶。峡谷暗藏在
一个人季节的深处

2010.11.6

灵　宝　的

——豫西大峡谷行

灵宝的苹果和灵宝的大枣
我都要。我是缺少水分的女人
我都要！
种植之地敞开
神秘啊，我能看清楚其中的甜
是一阵上上下下的粉红

不干枯。在苹果花的前方
你来过并带来
一个湿热的黄昏。那是一场醉酒
苹果握在手心，甜枣之后
是一个潮湿的枣核
我们不分男女

苹果和大枣我都要。是黄河的
就要在黄河岸上收回
我要增加内部的甜
你说我们都是客人，都是
被邀请的客人。今夜

两种圆从象形的树上分离。可以装卸
在我们的肢体。我都要

这样的红，这样的硬块
这样的弯曲，这样的补偿

2010.11.6

南　湾　湖

——信阳行

这一湖水不是任何人的
离它越近，它越干旱
它的下沉和高空有关
我仅仅是在湖水的边上，坐了一会儿

在南湾湖的水边坐上一次
比开一次花还少
这一湖水不是任何人的
湖中的鱼不是任何人的
岸上的黄土不是任何人的

南湾湖不是任何人的
它就是一湖淡水而不是一把镰刀
或者一座坟墓
湖水的清澈和浑浊与雷电有关
我坐在这里被太阳从夕阳那边
天籁一样照着

2011.6.28

瓷

——焦作当阳峪行

我来看瓷
瓷在当阳峪
在地下
当阳峪在人间
此时正是八月
村口的微光让黑压压的玉米顿显清澈
雨水擦亮了村子
能看到村后有寺庙和云朵

我来看瓷
来看地下的瓷
它们在我来之前已经被描述千万遍了
我想看到它们喘息的样子
出窑的样子

我来看瓷
来看破碎的瓷
它们在雨水之后被重新送回到地面之上
玉米的根须会绕过它
穿透它
我想看到这些碎片在泥土里返青的样子
扎根的样子

2012.8.16

窑神碑(一)

——焦作当阳峪行

把泥土从深处挖出来
放在晒场搅拌
揉搓
剔除芒刺
把泥土从深处挖出来
泥土不是越来越厚而是越来越清澈
越来越崭新
越清脆

那些陶瓷
都可以从此站起来
它们比屋檐高
比磨盘大
它们首先用泥胎的形式
让自己站起来

那些陶瓷最早是云片的形状
是鸟羽的形状
是木纹的形状
釉彩加深了它们的亮度
釉彩刮下来可以当漆

当阳峪的晒场不是刑场
所有的绞胎瓷都在重新出生

2012.8.16

窑神碑(二)

——焦作当阳峪行

燃烧吧
为了装下更多的稻谷
为了装下更多的花朵
为了装下更多的酒
为了装下更多的水
燃烧吧！火种已经重新塞满炉膛
泥胎们已经成群结队走回瓷窑
它们一走进瓷窑立刻就有了生命
火焰穿膛而过
火焰让窑洞红肿
火焰让整个当阳峪红肿
所有的泥胎都睁开眼睛
吐出胎气
张开嘴巴
它们被窑神一一唤醒
它们全身有了光
有了呼吸
有了命运,当阳峪

你这敞口的村子就这样彻夜醒着
你这敞口的村子就这样彻夜停泊着马车

2012.8.16

明乘法师

——汝南行

要多么大的力气
才能背着一座寺庙
躲过火药和暗器，横渡千山万水
让泥胎在脊背上生根

民国时代的母亲用跪拜的额头
亲吻莲花
她饲养了那座寺庙

点燃手指，疼痛来自脊髓和脚跟
亲吻焦黑的伤口
亲吻如丝如缕的烟火。他就这样向故乡
扔出身体，扔出血液
痊愈是夜晚的事情，第二天
他光滑如豆

要多大的力气才能把那座价值四个亿的禅寺
赠送给狭窄故乡
小河比以前浑浊了许多
缠红绳的芝麻一捆捆装满漆黑的籽
舍利子就在窗户内的
那叠红布里

2013.10.4

无　影

——汝南行

悟颖塔不是无影塔
请看仔细
抬头，读砖墙上的文字
看塔尖的阳光
那昨夜吟唱明月的老男人用长长的胡须
遮住嘴
遮住牙齿
遮住下巴。哦，他曾经是一个
徒步黄河的人

一路残荷站在水里犹如很多倒影栽倒在水里
莲蓬是黑的，我擎起双手
合十。我是多么喜欢这晨起的倒影
喜欢这落下的黑仓
悟颖塔的影子一直在转动所以你不要动
它会很快露出你的头顶和四肢

悟颖塔当然可以是无影塔
白天的影子不过是一些阳光
和一块地皮
夜晚的影子不过是一些星光和潮湿的雾

它有时是一些灰尘不是砖块
它有时在这里不在那里

2013.10.4

化　　蝶

——汝南行

谁化作了蝶
跳进裂开的坟墓
坟墓合拢
坟墓里的轮回我们看不到
他们是怎样插进了彼此的心脏和血管
化作了蝶
坟墓裂开
它们从此有了花翅和触角

我更愿意叫他们为昆虫
或者
叫他们花朵儿
露珠滚落，牵牛花举起满身鲜嫩的胎盘
或艳红
或艳紫、艳青
那么他们就化身为成双结对的牵牛花

而枣子带着满身的圣光，正从叶子中间
蹿落下来，那就叫这对痴男怨女
大红枣子

2013.10.4

牧马庄园和娜仁同住

——衡水行

马没有了
可以有花儿
铁血马汗青马化作骨灰
成为花根下的沃土
芍药和虞美人举起太阳照亮的红
一边开花一边结果
蜜蜂携带着尾巴上的闪电
把所有的驿站点亮

蒙古族的后裔和中原的巫女同游至此
她们不会骑马,也无须骑马
只需把脸埋藏在花朵
就会获得整个森林和草原！这是巫女对娜仁的赞美
她们用同一个池子洗浴
又用同一个镜子涂抹面膜

“如果是前朝,你应该是一个王妃!”
“不,她不是王妃
是王!”一个俊美的高个子汉人对她喊

庄园里
她微笑
慢慢掏出瀑布一般的黑发

2014.5.22

滏阳河畔诗歌朗诵

——衡水行

只需要一小段河流就够了
只需要这一小段河流,恰好铺在
人行道左侧,这河就有了人气
人流也有了河的背景
只需夕阳里的光
正往人间掉落
朗诵者已经准备好了足够的灯光和电
只需水面上的浮尘晃荡起来
晃荡起来
它们磁场一样爬上岸
往你的脚踝爬
只需慈爱宽大的父母兄弟背着粮仓和
锄头犁耙
房屋一样又黑又厚站在对面

这是一段停靠在
人群中的河
这是一段静养的河
我们来到这里是为了站在河边
鼓掌喝彩
歌颂吧
颁奖吧
张开双臂,拥抱吧!

这一小段的汛期已经开始
这一小段的汛期已逼近暗流
所有的美都会发生
正在发生

2014.5.22

老白干和 67 度

——衡水行

这里有具体的 67 度
它来源于麦芽的蒸煮、发酵和降落
我到来
往火车上搬运箱子的酒贩子恰好和我碰个满怀
我想掠夺他的瓶子

宴席完毕
朋友们的脸上顿时长出 67 度的热爱
他们身体内的 67 度
正在往太阳穴出发
我们可以不可以来一个
67 度的悬空
67 度的聚拢
和 67 度的分离
甚至,作为女人
我们要不要穿上
67 度的裙子

瓶子倒空,那最后的一滴
长久不肯垂落
它依旧在旋转
在抖动。快来捉住它
吞下它,融化它

要对它笑，对着它又红又热的粮仓
祝福和占卜

67 度，我们的头顶
我们的影子，我们的种植
我们的收割
——我们喉结上滚动的吞咽

其实，每个人的内心都住着一个东倒西歪的酒神
我们把酒罐子抱在怀里
冲撞它
宠幸它

2014.5.22

衡水坐船

——衡水行

水往低处走
只能一路向它献出更多的凹地和芦苇

河南的地上河已高过闸门和铁塔
高过石油和荷花
泥土覆盖的水域有些晃荡
到河北去只能从干燥处穿行

从铁轨上走下的河南女子不认识河北的水
她把它当异乡
当手持黑匣子的采光者拧开光圈
调出焦距
他回头对船上的人说，这水
来自河南的黄河下游

——我吃惊
我是多么吃惊
他不知道我出生的小村子就是河南下游
那个经常被淹没
又被送回岸上的小村子

——我们村庄的好东西
埋藏的东西

大庙里的东西
乌黑的泥墙根里的东西
肯定都到了这里

泅渡到了这里
埋葬在这里然后又
出生在这里

2014.5.22

绿　藤　居

——卢氏行

黎明六点
山妖破碎
碎成一地黑暗的妖蛾子
灯盏破碎
灯盏里的妖蛾子没有停下腋窝的颤动

山风破碎,碎成
石头的样子、树丛的样子
花花草草的样子
所有的石头瞬间复活
它们直立
它们爬行
它们扭动
它们吐出石头,吐出
石头上淡黑的影子

妖蛾子们
还不快快跳进女人的子宫
投生去

2014.7.31

峡谷之夜

——卢氏行

这里的黑暗和城市的黑暗大不一样
城市的浑浊而薄
这里的淳厚。路灯下
各种斑纹的飞蛾扑过来，我模仿
它们的翅膀
它们的触须
如果我也扑火
我会不会也立刻硬化成一只标本
萤火虫是飞禽还是野兽
它携带的磷粉人的骨头里也有
它不是飞
是摩擦

柳树和杨树上的黑可以触摸
蝉的幼崽使劲抱着它，它们要泅渡

星星已经跳了
大半夜。四角的天空忽然又是一段
横陈的弧。多么黑
黑得多么温暖
多么让人感动。星星
开始弯曲。银河系掉落

——没有人听到
没有人看到

2014.7.31

到了邓州才知道

——邓州行

到了邓州才知道
这里的土地和生命可以共享
沿着古街，八个人
采风游逛。邓州出生的指路者指指戳戳
他嘴唇上有月饼
身体里有水——
我必须再次提到水
而黑暗中的旅店多么温暖
锄头和粮仓
正在弯曲
我必须再次提到水
——那些蓄谋的水，那些
正在准备北上的水
早已漫过邓州人民的脊背
往长城周边渗透

如果说一条河流也有一层垫底的骨头
那他们就是
来自邓州的土著

2014.9.14

福胜寺和水兽

——邓州行

神兽坐在古塔的井底
紧紧拽着那根粗大的缰绳
它被关押多年之后竟然
爱上了这井,爱上了这塔
也爱上了这寺庙

它看管着
附近的水和
附近的河流
它能听见河流上的轰鸣
它允许钢筋和水泥活在
水的两岸

它让河水清澈河水就清澈
它让河流平静河流就平静

中秋的夜晚,我们到来
我们心中布满泥浆和河汊
塔的中心
是我们正在感知的事物。绕
塔三匝
心静月明

神兽和舍利子不可分割

万物因此而茂

2014.9.14

陶　盆

——邓州行

在成为渠首之前这里已经是渠首
在成为渠首之前这里已经开挖
在成为渠首之前
这里有四万只满身疼痛的蚂蚁,他们咬断草根
咬碎泥块,甚至咬断自己的翅膀
自己的腿,把丹江
咬出缺口
往北方向运送。在成为渠首之前
这里已经有了滚涌的血汗和
掩埋骨头的人群

2014.9.14

移　民　村

——邓州行

挖开湖泊，泄洪
放水
去解救北方的干旱
用手挖，用锄头和铁锨挖
白天挖，夜晚挖
春天挖，冬天还挖
挖了六年还要接着再挖几年
挖出草根
挖出灶膛
挖出门框和大庙
用篮子运送
用箩筐搬运
用小推车推
河道越来越深，越来越宽
越来越长
可这些挖掘的农夫越来越瘦
越来越矮小
他们最终去了哪里
他们把自己从身体里挖出来之后
成为在别处栽种苹果
和花生的人
中秋八月，我们吃着这些

移民村的苹果和花生
我们和他们一起变老

2014.9.14

渠首之下

——焦作段

穿过我城市的这条河
是一条救命的河

它被掘开，带着上游的草木之根
在我的岸上，堆积

它从哪里来
你去张望过吗
你知道它有多高，多陡峭
多崎岖吗？它从陶岔一点点挖掘
使用了多少钢筋
平铺了多少钢筋
每一个切口和落差都那么美

它来到我的城市
我的城市被打通，被连接
我的城市从此不再干旱
它一路要到长城那里
这一路都不再干旱
这一路必定沿途开花
必定长满玉米、大豆和棉花

它流经我的城市，我的生活

区域，我给它桥
给它虹

2014.9.14

花的驿站

——鄢陵行

南方的花草在这里交换
陶罐和水
北方的花草在这里交换
陶罐和水

从这里
南方的花草住到了北方
北方的花草住到了南方

——这是新发的根
这是根里的根

它们找到新的井台、新的露珠
长出新的子房、新的胚胎

它们说着同一个陶罐里的方言
说着同一滴水里的，井

2015.1.6

在鄢陵泡温泉

——鄢陵行

是的
温泉如母
我回到她的怀抱

花溪之上，太阳之下
我找到泉眼

我找到泉眼
把脚伸进去
把小腿伸进去
然后是小腹、肚脐、乳房
脖子和颈椎，全都
伸进去

我伸进去
一点点、一寸寸
试探，旋转，摩擦，提起来
又放下

——哦
她深处的热，那样美好
我疼

2015.1.6

看梅(一)

——鄢陵行

小小的城堡开门
小小的城堡倾斜
小小的城堡抖动。哦
那小小的城堡豢养着
一生的金子

一生的金子肥厚
肿胀
疼痛
一生的金子飞溅。横着竖着
四面八方,裂开
抛洒

那小小的城堡用一生的金子交换
雪

2015.1.6

看梅(二)

——鄢陵行

在这里
我愿意把成千上万的梅朵
当成一朵来爱
我愿意把一棵花根
当成千万棵来爱

这还不够
我必须跳进大田亲自开花
亲自扎根

2015.1.6

水洪池村

——济源行

他们是古老的村民
把房子建在很高很高的太行山上

他们用的是石块
和木头。房子老了
石块和木头还没老

你要爬过九百九十九个弯
你会头晕，恶心，出汗，面孔发白

你上来干什么
这不是你的平原你上来干什么
一群羊，背着美丽的羊毛和羊皮
在吃草。它们把草、桃树、山楂树、苹果树、核桃树、柿子树
统统吃到羊毛和羊皮里边去了
把山也吃到羊毛和羊皮里边去了
抱着鞭子的男人还对它们吆三喝四

你为什么期待和一个用石头建造的房子相遇
你为什么期待和石头房子里的锅台、香炉、大瓷碗，相遇
在七月，你来到这里
使用了攀爬和引体向上
你狂喜你哀叹

哦——

你是喜欢石头房子上的阳光多一点

还是雨水多一点

2015.7.13

小　浪　底

——济源行

去小浪底看黄河
排沙
你首先会看到巨大的铲车、钻机
带铁轨的施工车
看到各种爆破、各种混凝、各种搅拌和
各种填埋

这是被截流的河
是被斩断的河
它被摁住，被很多钢筋一寸寸穿透
被一层一层的黏土
滚压。就这样啊它被五花大绑
架上了大坝

就这样啊
有人上到它的腰间，割开了
它的胆

2015.7.14

雁鸣湖的夕阳金黄金黄

——中年行

雁鸣湖的夕阳金黄金黄
一天空高的灰尘都挡不住
它照射过来
它红艳艳的从西边天光一样照射过来

它一寸寸照射过来
一湖深的灰尘都挡不住
那么深那么厚的尘埃被打开,被统领
多么完美
那么厚那么硬的灰尘顿时爆发出
绝尘之美

我站在它们对面
我转过身
我从后背融入它们

2015.10.22

千年银杏

——济源行

是的，王屋山用它的沟壑
长出了这棵千年银杏，用它背对光阴的
那面，长出了数不清的
叶子和浆果

我受不了这种
背对光阴的生长
我受不了这金灿灿的生长，受不了这
遍地流淌的生长
我被包围被淹没
我大呼小叫
我身上的钢铁大呼小叫

我身上的城市和乡村全都出动
我身上的蚯蚓蝴蝶啊蚂蚁和蛇，全都出动

我受不了这千年的金黄
受不了它扔掉的草木的酸
我甚至受不了千年的斑纹，斑纹里千年的
石灰和石灰后的
万年绿藓

2015.11.26

阳台宫的小雨

——济源行

阳台宫的小雨落在
屋脊。屋脊是老式屋脊
屋脊上的神兽开始饮水。阳台宫的屋檐
变黑变青变成具体的
一根横梁、一块蓝砖或者一根稻草
它们一同成为恩泽

神住在柱子上
农夫和他的牛也住在
柱子上。阳台宫的小雨下着下着
那落满红叶的台阶亮闪闪,闪亮亮
它们一同成为恩泽

我到来,我提着我的长裙
低头,走在它的后面

2015.11.26

黄河小三峡

——济源行

黄河到了这里
就进入了峡谷
石灰质的山体正在倒出
腹内的石头
轰隆隆轰隆隆，你听到它们了吗
一只铁船正在摆渡
船上的人扎起头巾那是火红的头巾，她身后的旗杆
和一根过冬的白草没什么两样

——她站在那里其实就是站在黄河中央
是站在具体的河床
和具体的波浪上

因为太清澈，他们都来了
因为寒冷他们额头明亮，耳垂
像刚刚出生
因为不像黄河，他们甚至无话可说

2015.11.26

一斗水村

——焦作行

关键时刻
一斗水就够了

很多时候
一斗水就够了

没错。一斗水可以养活整整一座
南太行。你看那只大奶头的母狗
那些拖着缰绳走回村子的老牛
那群呜嘎呜嘎从东飞到西、从南飞到北的黑鸟
它们从来不口渴

白径黑鞋底，上山开花下山
开花。我们到来
我们见水就认祖宗

2015.11.26

九莲山见佛

——卫辉行

佛祖把莲花种在山里
山头就长出莲花的褶皱
和恩泽,九朵
够不够?
九朵的九朵,够不够?
山的那边,还是山
山的下边,还是山
莲花的四面八方,都是莲

你看石壁上的雨水,正往莲花裂缝
滴落。你看那些大肚子的蜘蛛
正往莲花缝隙里攀爬
你看黑翅膀的嘎嘎鸟,正从莲花缝隙
飞出。它们走进走出已不再是它们自己
就连莲花也不再是莲花自己

我们到来我们瞬间长出新生的脸
新生的眉毛
我们必须把自己交给云朵
和梯子

2015.11.26

天书上的救赎

——卫辉行

写天书的人坐在他的图画中
他刚刚被救赎

他回来。他手指上的墨迹还在
纸张上的小人还在

花朵呢，松树柏树呢
蛇呢？绳子、布条、刺、獠牙、脸谱
呢？哦
他还在，在我突然而至的苦难中
久坐不化

他是谁？谁在他的头顶上走动
谁给他研墨？谁在他皮肉上点火
皮肉里成灰

我张望。使劲张望我脊背上的苦
棉袄上的苦

2015.11.26

王家辿，我富甲一方的老宅

——淇县行

要走亲戚就到王家辿
可以当一次老地主家的
大小姐。骑高头大马
被丫鬟侍女搀扶
小胡同铺青石
身后的小母鸡长有硕大的屁股，噔噔飞跑过来
欺负你。拴马桩砌进屋墙
曾经的牛马带来了多少金银财宝
屋里的祖父祖母有一屋子的好子孙
门当户对啊，我到来我就是那三品的夫人
是这官宦之家的祖母
我安排你们给我扫院子
安排你们门前种花门后栽树
你们都是我的家丁啊
门当户对，我富甲一方
我家的戏台有三里开外的好风景
你要不要来跑一场
走南闯北的龙套

2015.11.26

芙蓉楼前有一个香炉妈妈

——怀化行

芙蓉楼前有一个
香炉妈妈。快来快来诗人们
让我们把哭声和眼泪
交给她

她是天下最古老的干娘,哭夜的孩子需要她
断肠的人需要她

只要认祖归宗,只要跪拜
点香,她就封存你的眼泪,收回雨水和雷电

其实,她只是一堆长满野草野花的石头
我一听到她的名字就笑了
我一看到她黑黑的石头就笑了
我顿时升起玲珑之心
升起野草之心,我手持草标
头戴野花以证明
我是她黑黑的女儿

2016.4.19

黔阳古城是湖南省的

——怀化行

黔阳是一座湖南省的古城
它和贵州省是什么关系,为什么它首先占有了
贵阳的太阳
我是有前世的人
是一个腹部藏有花纹的女人
黄昏的黑石板打开了小巷又合拢了小巷
我怎么会突然降临

可我是多么欢喜
我获得美好,有着波澜不惊的从容和微笑

约吧,我那黄土遮面的北方情人
我给我们找到了一个好去处
我头上的花冠可以为媒
可以为证

2016.4.19

通道转兵

——怀化行

通道是一座县城的名字
好奇怪的名字
好奇怪的感觉
我走在这个县城寻找着县城
肯定就在脚下,就在我们刚刚走过的
脚印的
下边:有潜流
有火焰,有煤炭滚涌
雷电滚涌
花朵和谷物滚涌

豁然开朗。我们被带领
我们被打开
我们被命名我们成为通道的,一阵足力

我们移动
我们吐纳
我们把南方带给
北方同样把南方从沟壑,升起
我们随即长成通道的样子
接纳这遍地而起的甘霖

2016.4.19

万　佛　山

——怀化行

不见佛像
不见雕刻
不见寺庙
只是一些圆形的丹霞布阵
不高，不野
有些弯曲
有些疏散

只是一些四月的雨水
说下就下
说停就停
然后，又下
又停
一天的好时光就这样在慢走中度过

很多时候
我们心中的佛祖就是一座返青的大山
和淋雨的石头
石头破碎
我们的佛祖带着满身的苔藓
望着我们

2016.4.19

我们都是再生人

——怀化行

我们只是把前生寄存在,桥的那边
河流的那边,父母的那边

那些窗户和墙壁,我们见过
抚摸过
也碰撞过

我们飞翔。找不到诞生地
一把扫帚就可以把我们击疼,伤到肋骨

我们悬挂,在树叶和草尖上
吸食露珠
我们没有肉身的时候,我们用的是
阴影

其实,我们一直用阴影和记忆
活着,活了那么多世纪,活了那么多的子女
我走过你的泉眼,你走过
我的沙漠。亲爱的
我再次走上你的婚床,你必将在我的肉体上
掀起一场久旱逢甘霖的风暴

2016.4.19

稻草人,不会说话不会动

——武汉行

见到稻草人,我就会眉开眼笑
我就会唱起小时候,妈妈教的调调
我就会走上前去,摸摸他的帽子、他的 T 恤
他的牛仔裤。摸摸
他的草——哦

他举着他的草,戴着他的草
他的肚子里有草,他的脊背用稻草
捆绑。他站在他的草里
我们和他合影,叫他哥哥叫他大叔

这是我最后的鱼米之乡
稻子摘去,稻秆依旧金黄
所以,我有理由认为真正的金黄之物不是种子
而是摘走种子的,那些空壳

2016.10.30

南山有约

——济源行

约一场南山之行并不是难事
瞧,我们换上平跟鞋,我们低头系紧鞋带的样子
会招来爱情
既然四月能够把蓝天和花朵变成风
变成香味变成阳光
那么,森林和山野也会把我们思念的人变成花朵
变成香味和阳光
瞧,我们已经在阳光中了
我们已经开始彻头彻尾地洗浴和浇灌

正如我们在阳光中盘膝而坐
我们自己就是止在出生的花朵和香气
所以我们没有形状
是多肢节的父亲,和神

2017.4.23

一山坡的紫花

——济源行

看到一山坡的紫花开放
就打电话给城里的师兄,却说不清楚山坡的事情
紫花的事情
一山坡的紫花比一棵的紫花
一片的紫花盛大
它们是湖泊,是海洋,是迷宫,是天宫和地府
我们几乎错过

我们碰到盛大的事情就冲动,甚至晕眩
我们这次碰到的是盛大的紫色
它正在悬崖上旋转和飞腾

2017.4.23

说给花朵

——济源行

指认花朵的名字是愚蠢的
可我们还在不断指认
说出花朵的形状和颜色是愚蠢的
可我们还在不断说出
掐一朵掐一把掐一捆想怎么掐就怎么掐
想怎么拧就怎么拧
揉搓，打滚，吞咽直至全身慢慢变热
手掌慢慢变红
哦，就是这样必须这样
我饶不了你，你也饶不了我
那么，就让我们把所有山谷全部再疯长一遍
覆盖一遍
再打开一遍

2017.4.23

山中住有人

——济源行

山中住有人,他们不出现
他们只把石碌、磨盘、牛粪和羊的蹄子,留给我们

一只黄狗站在路边对着我们大叫
我们走近,我们叫它小强小明小华,它忽然不见

他们不出现。他们让小麦以灌浆的方式出现
磨坊挂锁。他们住在山谷。他们让山谷以盘山道的方式,出现

我们出现。我们惊扰了花朵
惊扰了山鸡惊扰了蝴蝶惊扰了蛛网,这些神

它们刚刚晒过太阳它们还要继续晒太阳。山中住有人
我们知道山中住有人所以,我们喜欢上了那些石头的倒塌和陷落

2017.4.23

白河之歌

——南阳行

所有的河流，都在淘噬着河床
填补着身下的漏洞和缺口
所有的沙子，都越来越硬，越来越尖刻
所有的鱼，都有鲜红的锐角
和泡沫

在夜里，白河就在大路的
那一边。我念叨着它的干净，它的清澈
在黎明，我侧身站在它天堂一样的
大雾里

2017.11.18

卷二：生日写给母亲

四月赠母亲

摘一朵桃花装扮你
你的微笑比一地桃花更贴近泥土
摘一朵梨花装扮你
你头顶上的白发
分明就是一片寂静的梨花
摘一朵牡丹装扮你
你就是春天内部正在发生的
最灿烂的一朵
大紫大红。我们是你的孩子
我们围着你唱歌
跳舞,你是我们的中心

2006.4.3

摘星台，摘心台

——淇县朝歌行

摘星台
摘心台
我的初潮今夜来
乌发婴儿心头坐
红藕胳膊红藕腿
红藕腹中红莲籽
身后是青山
头上是青山
左边是青山
山中是青山

我就是莲
我就是山
我就是那举石头的女人
是那捏泥巴的女人
我背负着三千年的河流三千年的谷
我来自东

等你来
等你来
等你等在摘星台
摘星台上无故人
摘星台上不见血

摘星台上黄了秋

摘下星星送白虎
摘下星星挂马车
摘下星星攥左手
摘下星星就是娶过淇河的
灯笼草啊
我点灯为号
我烧秋为号

摘下心儿当星星
心有七窍放石台
心有七窍暖石头
心有七窍烟灰色
摘下心儿空身走
走啊走
没有拐杖没有碗
没有方向没有屋

摘下心儿心不在
一把黄草一把土
一刀剖开
三刀剖开
把黄草一把土
推刀进去
抽刀出来
刀背在上
刀刃在下
一把黄草一把土
摘下心儿空身走

生也带去
死也带去
一把黄草一把土

摘下心儿星还在
星星点点万万点点攥不住
空身大笑黎明去
红棉被
十八层
白屋暖床留夫人

2006.10.23

大雪歌(一)

——雪灾记事

雪,架在空中
雪,落在雪上

雪是什么
它说来就来。听
它扑簌扑簌。听
有人在雪中轰隆一声倒下
那是一个老人因为骨架疼痛突然倒塌

城市消失
高压线也消失
城市停水停电,城市里的人
端坐在黑暗里
努力使自己高出一厘米
城市消失
城市的烟囱也嚯的一声,消失

麦田消失
大地宁静极了。大地
播种之后的生长你看不到
麦根在地下东倒西歪
我们额头上的神驮着村庄和水井
在黑夜突然降落

乌鸦，这只蹊跷的鸟
在河畔笨重起来，忸怩起来。柳树消失
柳树消失的时候
有一个寡妇刚刚来过。柳树消失在乌鸦之后
乌鸦站在河畔，不喝水
乌鸦的母亲已经离开了树枝

这是罕见的空白
是平原上
最腥臊的一次临盆。这罕见的空白
顿时陡峭，难以攀缘
谁在那里高高地走上了河流，他要到对岸去
他脚下深渊万丈。火车
刚刚还在撞击河床。这混沌的河
这一路塌陷的河，现在被一个人
一个人泥泞的脚
慢慢带走。河流消失
河流里的鱼
不死亡。土壤消失
河流中的土壤成为一道巨大的缺口

肿瘤消失。石头变得柔软
剥落。山头滚落到地平线以下，堆积在
牛粪旁边。肿瘤里的药物消失，它把效力
还给了原野。兔子消失
兔子醋红的眼睛消失在田埂之下
洞穴里的风结冰，洞穴藏起
最白的一道闪电。这是最白的一夜，白到
我们等不到天亮

2008.1.28

大雪歌(二)

——雪灾记事

当雪成为负数
成为滑坡
成为电压上大块大块的死神。当雪
以五十年到一百年的速度,把中国
彻底变成一块大面积的冻土
当很多白鸟找不到河流
猴子在山上变得更黄更小,房屋
倒塌,脚上的泥泞一直是湿的
冰碴。当锥形的水滴在房檐下变成一排排
巨大的惊叹号
我们站在零度以下,我们
站在这最后的防线

是的,这是一场冻土之上的行走。火车
开不出去,飞机
飞不起来。电网上的人
你在往哪里拼命爬行,你手里的扳手、钳子、橡皮和头盔
发出巨大的响声,一个信徒
就这样重造他的天堂。我们是他庇护的人

是的,当电成为随时可以掐断的线头,煤
成为稀少的供品,柴草
也是。羊肉牛肉也是。当舌尖上的雪

在体内逐渐沉积，变成
新的冻土，我们这些
再也长不出体毛的人，会先于其他动物和植物

而昏迷。当一个国家
在巨大的冻土上，找不到煤块、棉花
柴草。当更多的人出现在
街头和广场，找不到母亲、父亲和失散的孩子
我们将最先于动物和植物
成为废墟

2008.2.2

二〇〇八,中国奥运

——一个体育工作者献给祖国的歌

这是一场旷日的运动
这是一场横过种族的跨越
这是一场久远的对抗
这是一场面向东方的朝拜。二〇〇八

我的中国!
我的奥运!
你来了。我因为你的到来成为中国土地上一粒流汗的粮食!
一座发热的桥梁!

你终于翻山越岭来到我们中国人的土地上
你是从哪里来的?
我们仰望过雪山
我们把腿插进过海洋
我们张开的手,紧紧抠摸那些过往大船的船帮

你来了
你说来就来了
谁也挡不住你的健康和美
你点燃的花朵落地生根!
整个世界都亮了
在经过高山和海洋的时候,也没有被风雨打灭!
我们有理由相信你是被一只古老的渡船

运载而来
摆渡者揣着神秘的地图
我们的北京,必定成为你今天抵达的终点!

这是一场举重中的抬头
抬头,是一种更高的举重!
四年前萨马兰奇先生掷地有声的一句“中国,北京”
我们禁不住哭了
我们手拉着手哭了
我们把眼泪横在脸上,我们

回到自己的土地!回到自己的祖先
回到自己的文明。我们

再次对身后的那块土地鞠躬
对我们的青藏高原鞠躬
对我们的万里长城鞠躬
对我们的一草一木鞠躬
我们站在故宫的门口,向里深深呼唤:

我们的先人。哦,二〇〇八
我们的奥运
我们的北京!
我们站在人行道上
站成茂密的森林
护送你犹如一个母亲腹中的胎儿
我们用我们的生命给你输氧
当大洋彼岸的那只渡船插满越来越多的红旗
当满眼的风光被我们尽收眼底
当我们扶着自己的肩膀

让燃烧的奔跑高过我们黑颜色的头顶！哦

我的祖国
我的北京
我的二〇〇八,我的奥运！
我是你一把揽在怀中的
那个腿骨疼痛的孩子
我的疼痛是因为我在生长
我的生长是因为我永远没有暮年

祖国啊,我是你珍藏在身边的一只发令枪！
我被紧紧握在你的手中
我在你的手中成为一块装着子弹的,钢铁！

2008.4.16

生日写给母亲

我是怎样吸吮你又黑又小的乳头,妈妈
我是怎样从你的身体里
灰尘一样掉下来
我是怎样成为你的一块沼泽
我是怎样很快成为你身后的一座庙宇

我是怎样用脚上的指甲
把你做的布鞋穿破。妈妈
我是怎样在炉膛刨出玉米和红薯
当日头出现在正午,我是怎样寂寞地
等待你从大田回来。你光着脚,扛着铁锨,牵着老牛

我是怎样在落满枣花的门口
等待妹妹出生。我骄傲
妈妈,这个世界只有你才有生不完的孩子
你生过孩子之后
我又长高了一岁!

我知道一束白麻不是我的玩具
我知道我没有糖果吃
我知道我必须劳动才能换取铅笔和作业本。妈妈
在收割的早晨
我被你无数次从床上叫起来

我是快乐的在你身边
我是健康的在你身边
我在你身边什么都好。即使病着
我一看到你我就
脱离了危险。妈妈

我成人后的困倦在你身上又算什么
我只生育了一次。我的贫穷是我没有一丁点土地
我住在一块煤上,妈妈
我的脚下有些空,已经空到了小腿
我用什么来掩埋我掉落的牙齿

妈妈,我在夜里经常醒来
听到你搬动纺车的声音
那是向阳的一个房间。石榴在窗户外开花
墙壁上挂着晒干的向日葵
我们就这样奔跑回家。妈妈

我是你肋骨下的一颗纽扣
我是你枕头上的一次脱落
我是你圈养在碗底下的一块烫伤
我是你面前越来越远的一阵月光
我是你风化在村庄外的一座土窑,妈妈

2008.5.24

中国，我是你怀中的一次深呼吸

——地震之殇

当一声巨响来不及捂上耳朵、闭上眼睛
当一次塌陷来不及跳到高地
来不及抱出我们的孩子
当蔚蓝的天空只是一次越来越空的谎言
连一只悲伤的鸟也不肯停落
当一声巨响横过几千里的行程
砸落我面前的厚土
当一次塌陷在我的身后突然出现
抵住我的腰
当蔚蓝的天空只是一次越来越坚硬的凝望
连一只孤独的鸟都不肯停落
哦，祖国

此时我不能抑制我的大哭
我用发冷的手
用颤抖的腿
用嘴唇上的血
用胎记上的一块青紫，亲亲地
轻轻地，爱抚你！

我的孩子
你们是世界上最好的孩子
我们的父母

是世界上最善良的父母
现在你们正躺在废墟中
汩汩流血

这是怎样的一种付出
我浑身已经青紫
我正在成为越来越黑的山体和河流
我想和那块巨大的毒
和它们一起成为祖国昏迷的那部分

中国，这是怎样突如其来的一场掠夺
我们的父母和孩子就是这样突然被掩埋在
无边的黑暗之下
让我们快速奔跑
用红肿的脚板
走近你
挖掘你
缝补你
此时，我不能抑制我的悲伤
在这不眠之夜，我必须把自己制作成
你身边的一顶帐篷
一片安定
和一个带血的棉球！

中国，让我们以奔跑的速度成为
你怀中的一次深呼吸！

2008.8.14

走近你,济水之源

走近你,济水之源
我不是回乡的人
我的源头只是你一次小小的汛期
你奔腾而下的时候
我的父亲恰好站在阳光下
我于是成为你河岸上一个赤脚的女人
在秋天——

我走近你
五色石的光斑埋藏在遥远的深谷
变成肥沃的泥土
谷穗在这里生长
那是谁的生命之手,她有
黑陶煅烧的热度
你选择了生长你就会疼痛,虽然
这里牛羊遍地
这里的女婴很快就会成为
新的祖母!
我走近你的时候我忘记了你的背影已经隐藏在
山林之中
你的背影是一条紫红的船吗
船头上的人还没有来得及走下船来
船头上的鱼群就已经成为
东海的一部分！我的

济水之源！
你独自穿过黄河并在河床之下成为新的方向
黄河成为一种覆盖
你就是黄河之下的另一条通道
当别人都以为你干枯
他们因此而流落他乡
祭坛上那个高额头的男人最终老成一座方形神庙
香炉于是遍布所有的村落
你却带着女人一样的体温出现在
紫气东升的地方！

我走近一座银杏叶子笼罩的老屋
房顶长满白草
三河汇集，形成都市
我被迎娶在一个紫燕叼泥的春天
我在这里生下儿子
他紫红的额头
他吃着羊奶一样的小手
他始终是我用小腹温暖着的一块故土啊
他让我善良
他让我劳动
他让我成为新的泥块
他一天长三尺，我的儿子！
你将在这里最后把我掩埋
我们老屋上万层的台阶有你点燃的火把！

我在秋天走近你，我的
济水之源
山下的村庄住着挖山的人
他碗里的粮食又红又大

他的锄头就是一块又黑又亮的磁场
生长在锄尖下延伸
我走在他身边
他脚印最深的凹处是一团
发红的济水。鸟
落在树顶!
夕阳和朝霞没有什么不同
我为什么喜欢在关闭庙门的那一刻
变成一截落地的烟灰!

济水之源,你朝东流
我朝西走
我上了山我还在向你的断层一步一步攀爬
我来了我就是在这里老去的人!
就是用济水擦拭身体的女人!
山上的秋是你流到东海的理由吗,成熟
是具体的一枚红果吗
当所有的红果变成了山体的一部分
当烧红的山体成为济水高地
当这高地被我一点一点抱在怀里!哦

我坐着一根红果的根
就那样坐着,坐着,直到眼前的秋
在我的身上肆意盛开!我的
济水之源
我必定在你的村庄成为新的祖母

2008.10.18

清明祭文

——远方的亲人要回来

远方的大伯要回来
他要带着他的家眷，从浙江
横过半个中国，回来
他离开河南济源三河寨的时候适逢一场战争
战争胜利后他在一个名叫嘉兴的地方
当了领导，成了家
如今，他早已子孙满堂！
他选在清明前回来，我们就知道
我们要准备添坟用的铁锨、哭泣用的香烛
和跪拜用的稻草

远在西安的姑姑要回来
她是爸爸的小妹妹，因为年轻时做了军属
才去了西安
她要越过秦川大地，从西方向回来
她选在清明前回来，我们就知道
她又在不可抑制地思念土地下的父母了
每年这个节日，她在那个有大雁塔和兵马俑的地方
只能在大路的一边，点一些纸钱和元宝
她面前没有土坟
她只能在大路边上，画一个圈，以保证这一堆香火
是有归属的
哦，她要回来

住在宁夏吴忠的大姑姑已经回不来了
她是爸爸的姐姐
她永远留在了那个有风沙和戈壁的地方。那年
爸爸和妈妈顿时哭成了泪人
如今,她的大儿子打电话说要回来
她的小女儿打电话说要回来
他们选在清明前回来
从北方向,翻过大半个正在返青的中国
他们身上流着姑姑的血
他们身上长着姑姑的肉
他们回来的消息很快传遍了三河寨,我们的家

爸爸是守家的人
他们把回家的消息,告诉了爸爸
妈妈是守家的人
他们把回家的消息,告诉了妈妈
我们的妈妈,曾经亲手送走了他们共同的父亲、母亲
那些年,我们的妈妈一边当民办教师
一边养护着家里的老人
她曾经多次给我们说责任重大
说如果照顾不好老人,在远方的大伯和姑姑面前
就是有罪的。那些年
我们的妈妈在冬天到小河里
给爷爷洗刷有屎有尿的褥子
那些年,我们的妈妈爱说爱笑
她让我们全家获得健康、幸福和骄傲

清明是一个回家的节日
下点小雨在门前
长点柳树在门前

开点小花在门前
摆上凳子,扫干净院子和大街
让我们把爷爷临终前的录音从红布中取出来
再次感知他做人的正直和善良！让我们
对奶奶用跪拜的方式,感恩!

2009.3.29

中原食盐

一种沉淀发生在海水内部
比海岸线还长
在海岸线以上暴晒，结出
混沌的晶体。你就可以用很小的

很黑的
瓦罐盛放
黑头发是一个种族的顶点
从嘴角到舌尖是一种
泥泞的航运。是

家家户户餐盘底下的
那口热汤
舱底下的走私在歌谣里上岸。七味
盐做主
出一身大汗就能看到
你早已是咸涩的一部分
盐，早已存在你血液之中
在中原

用汗水交换汗水
用盐味儿交换盐味儿
苦涩成为财富
吃盐长大的女人在众多的儿女中

解开胸衣，露出奶水
门口堆积的柴草带着咸味儿
从青烟开始

2010.11.28

带母亲洗澡

在热水之中
我再次爱上了你又软又热的身子,母亲

在热水之中,我依旧是你裸体的女婴
你依旧是我分娩中的母亲
我曾经住在你的心脏之下
我的血管曾经横七竖八地
插进你的血管。现在
我们相似的身体被热水擦洗得多么干净。母亲

只有在你衰老到全身褶皱的时候
我才能走近你的身体
触摸你的身体是一种颤抖
我搀扶你
我揉搓你
我洗刷你
我心疼你,母亲

在热水中
我小心擦洗你的乳头,我是怎样紧巴巴
吸吮你抽空了你
在热水中
我小心擦洗你的小腹,它那么小
那么薄怎么装下我闪电一样的头颅和四肢

我在你的脊背上揉搓
让你复活让你
洁净和红润
让你成为我怀中最美的女人

在热水之中，我轻轻给你撩开额头上的白发
擦洗你越来越轻的四肢
那里的热气让我晕眩
让我敬畏

母亲，在热水中你的身体微微张开
微微张开。哦
我闻到了头发和汗水的气味，那是
一种胎气。那是你的
也是我的

2011.2.8

跑进春天

跑进春天是一场运动
我们穿着跑鞋，跑进春天
跑进春天是一种返青
我们脱掉冬天的大袄，跑进春天
跑进春天是一种速度
我们挤进真正的跑道，跑进春天

我们从四面八方，跑进春天
我们一路开花，跑进春天
我们把汗水交给额头和脊背，跑进春天
我们带着自己的亲人，跑进春天

我们从黄河两岸
从小麦的根上，跑进春天
我们从探亲的路上
从乡下父母的锄头、镰刀和火柴盒上
跑进春天
我们从城市的雨水，从城市的惊蛰中
跑进春天
我们从祖母坟头
从一把干草的微光中，跑进春天

我们携带着雨水，跑进春天
我们携带着风筝，跑进春天

我们携带着颜料，跑进春天
我们携带着花粉，跑进春天

跑进春天，我们就能在花朵中找到蜂源
跑进春天，我们就能在雨水中找回露珠
跑进春天，我们就能在窗台上找到果核
跑进春天，我们就能在草根上找到水井

跑进春天，你就是春天的一块高地
是春天一块
灿烂的磁铁。跑进春天
你就是一次苏醒
你还会有无数次的苏醒
跑进春天，我们会一路叫出很多事物的名字

我们从各自的屋檐下
被褥里、碗口上
跑进春天
我们跑进春天的时候，我们颤抖、绯红
我们在春天的中心融化
我们喧嚣地，在春天的中心
霍霍生长

我们举着双臂，跑进春天
我们涨红了脸，跑进春天
我们跺着脚，跑进春天
我们拥抱着，跑进春天
我们是那样喜欢奔跑
喜欢血液在身体内冲撞、冲撞，不停冲撞

跑进春天！

我们从跑鞋上，跑进春天
我们从花朵上，跑进春天
我们从风筝上，跑进春天
我们从春天，跑进春天！

2011.2.27

菊花、开封

菊花开遍整个河南开封的时候
你可以从四面八方而来

像候鸟，回到它们的南方
像烟火，回到它们的火把和高空

黄河从边缘突围
黄河参与了这巨大的绽放
黄河两岸到处是闻香而来的蜜蜂和蝴蝶
连夜行的灰蛾子白蛾子红蛾子
也来了。你不能阻止这种到来！
河流上运载着硕大的花朵
河床下翻滚着硕大的花根
你不能阻止这种追逐！
黄河把深处的泥土和露珠重新赐予了它们

一座古城穿金戴银不是为了金银
而是为了花朵
一座古城的铁塔、湖泊和城墙被今日的花朵穿透
你不能阻止一个人在这样穿透中
有粉身碎骨的冲动
你甚至可以纵身一跳
在花朵深处泅渡
你甚至一朵连着一朵翻滚，就像蚂蚁爬上

大象的脊背

就像渡船把纤夫金黄的头顶
留给更加金黄的太阳

菊花开遍河南开封的时候
正是登高和攀爬的季节
平原适合跑马
也适合隐居
菊花开遍河南开封的时候
正是采摘和冬藏的季节
我们的平原四通八达

你来了
所有的菊花都是你的
柳树后的花朵和窗台上的花朵可以止痒
墨绿的花朵和葵红的花朵可以入药
河道上的花朵不需要渡船
屋脊上的花朵不需要井绳
花朵中的花朵不需要花期

你来吧四面八方而来
菊花酒是美好的
菊花茶也是美好的
菊花中的黄昏那才是真正的黄昏
你来吧
没有人认识你但一朵菊花认识你
就够了

2012.10.5

用所有的夜晚和白昼,爱你

——七月写给母亲

你生下了我
我就有了心脏,有了呼吸
你生下了我
我就有了额头,有了太阳穴,有了方向
你生下了我
我就有了眼睛
有了鼻孔,有了嘴巴
我就有了听力、嗅觉和吞咽
你生下了我
我手心紧紧攥着你的指纹,脚心
长着你的漩涡
你生下了我的乳房、我的小腹、我的
盆骨和腿骨
我就有了张开的怀抱
和一路深深浅浅的脚印。母亲!
你用你全身的汗水
全身的爱
生下了我

你生下了我
你把我放在枕边
你把我抱在怀里
你把我背在身上

你把我的小碗，一次次盛满
你给我头上扎上花朵，扎上
红绸你给我照
很多小镜子
你每天都把我带到大田
让太阳晒我
让麦穗扎我
让我的汗水也砸落在
自己面前
你给我做鞋，做棉袄做
出嫁的九条大红棉被
你还给我的大红棉被四角，塞进红枣和花生
母亲

你生下我你给我吃糖
给我吃盐
给我屋顶
给我门槛，给我窗台
你给我篮子给我铲子
给我一只小羊让我养活它
你让我自己种豆
让我自己做鞋
让我自己弯下身子从水井打水
努起身子提水

你让我站在床前，看你叉腿坐着
抚弄更小的妹妹
你唱着曲子，把手中那蚕茧一样的小女孩
摇啊摇，捏啊捏
你的乳头总是流着汁水

没有吮吸的时候
也流着那样又甜又绵的汁水

你生下了我
你用你全身的力气,生下了我们
姐弟七个
我仰起脸
我奔跑
我有数不清的花期
我长出高过河流的汛期
我有一房顶一房顶的玉米、大豆、花生和棉花
有成吨的柴草
你生下了我,你用河流的力量
雷电的力量
火山的力量
生下我们七个
我们奔跑,在大平原
覆盖所有的村庄和田野
我们的河流长在一起,我们的
大树、花朵和野草
长在一起
炊烟长在一起
路口长在一起,母亲

我用我所有的夜晚和白昼,爱你
我用你生育我的力量,爱你

2014.7.30

柳　树

她从没有数过一共有七棵柳树
她是爱柳树的人吗
她每天经过这些柳树四次
柳树慢慢长高,长粗,也长黑,长出
扭动的大瘤子,有时候
还能看到瘤子里红红的小虫子在动

柳树的根她看不到
柳树是怎么长出小柳树的,她看不到
她是爱柳树的人吗
昨天中午她数了数一共是七棵。在她的家乡
每死一个人都要在坟头
栽下一棵柳树

她在柳树下哭过,烧过香,磕过头
她最牵挂的一棵柳树
姓乔。每年八月
黄河发大水了,很多柳树就消失了
黄河里到底站着多少柳树呢,她问头顶的太阳
问夜晚的小虫子
她离黄河那么远
离柳树那么近
现在,太阳照在她教室的玻璃上
她教孩子们一遍一遍唱歌

2015.5.9

九月的告别

——悼念马新朝

九月已至
我要诵经给那位在空中诞出花朵的诗人

他遭遇到了身体内,强大的雷电
他正在把他的身体变成坟场,变成磁铁,变成信使

他的身体,是经历过黄河漂流的身体。他归来
穿着部队的胶泥黄军鞋

他归来,走向自己的额头,把体内的风沙
泥泞和尘埃,还给种子

他已经空了。他的阴影随之变轻,变透明
向他吹口气,把花朵和草叶向他堆积

他是微笑的,因为微笑可以改变风,改变漩涡
他闭上眼睛的同时,又打开另外的眼睛

他用不死的神情穿过我。他嘴角上没有疑问
没有虫豸。他带着他的爱,穿过我

他是知道我的。知道我的孤独、寒冷和流浪永恒
且没有答案。我们都是被河流山川锻造的人

从他身边经过，请轻声交谈
请使用另外的纸张、香烛和另外的水

请把火柴放在他的——手心！
他开始燃烧，我开始诵诗

2016.9.5

你的生日，就是我的生日

——致青青

你的生日就是我的生日
你的哭声就是我的哭声
你吸吮的乳头就是我吸吮的乳头
你扎满红头绳和花朵的小辫子，就是我的小辫子
你东倒西歪的奔跑就是我的奔跑

虎头鞋还在。指甲草还在
桃核杏核还在。窗口又矮又小可住着一个烟熏火燎的祖母
她同时又是一个口袋装满草药的巫师
大槐树还在，可每一片叶子都在飞翔飞翔飞翔
羊的舌头牛的舌头和小狗小猫小鸡小鸭子的舌头都翠绿
如蛇，它们再次从我们手心卷走了清水和树叶

亲爱的，你的生日就是我的生日
你的油田就是我的油田
我的煤炭就是你的煤炭
黄河从我们中间穿过，我们每天都过河过河过河
我们每天都把花朵当眼睛

我们从露水走过我们就是一河流的露水
我们从桃子身边走过我们就是一森林的水蜜桃
我们从黄金里走过我们就是一座金矿
我们从孩子身边走过我们就是盛夏的种植园

但,我们低垂。是的
我们越来越喜欢把微笑当话语并且弯腰弯腰弯腰
冬天的雪将在夜晚来临
我们的爱人正在返回的途中
我们重新学习唱歌,重新学习对着花朵梳头

是该生一场大病的时候。但
请让我歌唱。我的生日就是你的生日,我要拥抱你们
就像拥抱我自己,我是自己的王
请干杯！请让我用唇上的春天,用春天的酒
把自己干掉！

2016.12.22

卷三：一切都在生长

太极故里行(组)

1. 太极之相

不是天书
不是易数
更不是奇门遁甲

这仅仅是一场毁灭或者创造
达到极限不是上升
就是下沉

龙马跃出黄河是为了把黄河
带出更深更阔的中原
神马留下的蹄印装满阳光
有人在北岸的河滩,站立成不死的旋风

神龟浮出大水是为了把一座藏有太阳的版图
留在大水之北
大水时而浑浊时而清澈
跋涉而过
荷花在淤泥中扎根成藕
有人在避风的地方,蓄发练拳

2. 阴阳交合

阴阳交合

圆心就在怀里
所有的生灵都在旋动
都在拥抱各自蓬勃向上的身体

搂抱在一起
连一条鱼都可以分出黑色的鱼骨
和白色的鱼鳞
它们在水中变成有方向的水草

阴阳交合
有人在避风的地方蓄发练拳
这是沟壑之地也是垒高之地
他在白天穿
黑色的衣服在夜晚穿
白色的衣服
因此,他一半产生风,一半掩埋风
他左手牵回马群右手放出
更深更宽阔的马群

中原也能牧羊跑马
中原既是圆心也是边境

3. 白鹤亮翅

一只白鹤在一个人的额头方向拍打翅膀
带来上升的讯息
它身体内的鸣叫来自于东
清气上升,每个人的额头
都有两种气流

人身为土
你有沉重的肉身需要用
羽毛断开

现在,眼神里的河流再次抵达八月的汛期
衣袖里的风回到吐纳
飞升起来的不仅仅是
衣袖。这自西向东的汛期将带来
黄土高原的泥沙

一场集会将收藏
沿途的旗帜
长途跋涉的朝拜者已经起身
他们黑皮肤、白皮肤、红皮肤

所有的上升都在自己的内心
你抱在胸前的羽毛
来自你的腋下

4. 怀菊之药

推开面前的滚滚黄河
河滩上落满水鸟
最柔软的地方也是最坚硬的地方
鸟嘴里衔着小鱼
回到树上

太行山并没有西去
这是从高原俯身下来的山

是静养的山
它把煤块和花朵送到山下
是为了更多的人
攀爬上来

有人在避风的地方,蓄发练拳
他其实就住在一朵
菊花之中

这是多么金黄的城堡
中草药的香味穿堂入室,能清热解毒

蜜蜂散开,在所有的花丛
藏起蜜源
从腿骨到几百米的地下
是一次艰难的升井。菊花

在井口就像在灯光在窗台上
摇曳

5. 云手翻卷

两臂中间的距离
是两只手掌的开合
手心可以潮湿
也可以干燥
可以举高在头顶,也可以放低在
丹田之下
你推开的是一种气象

你再次将这种气象
拉入怀中
你开始化合

没有奔跑就不会疼痛
你的化合从指甲的划痕开始

延长一种照射需要吐出
小腹以下的热气
墙壁上的壁虎正在向着葵花
切掉斑斓皮纹
它们都是神仙

跺脚、缠绕、震动、揽雀尾

6. 煤炭之深

煤炭是一种深埋和挖掘
穿过地层,煤炭回到晒场
这是两臂之间的
另一种圆

从森林之夜到森林的白昼
森林交出了它的油脂
森林里的软体动物不是鱼
而是鱼的断层

黑鱼和白鱼在画布上
咬住彼此的嘴巴和眼睛,旋转

这不是森林这里已经很快成为地平线上的洞穴
和漩涡

一种黑在黑里升降
一种圆形的黑，在黑里风干，上岸
它路过星星
月亮和太阳

有人在避风的地方，蓄发练拳

7. 蓄发练拳

用出发的姿势
回到起点
掌心向下拿回
散开的手指
所有的举高必定要回到原处
你不再分类

被劈开的圆心，在你的怀中再次愈合
你仅仅是
用气体走了一遍

你仅仅是
用气体走了一遍
水在前
山在后
流淌在前
闭合在后

平坦在前
垒高在后
你从一只鞋子出发,又回到这只鞋子上

没有推手
只有左手长在左边
右手长在右边
你用手掰开了另一只手

你站在避风的地方
就像一朵菊花长在,避风的地方

2011.8.9

濮阳杂技行(组)

1. 道具之夜

那个神秘的建筑
混沌,暧昧,架在高台
等待开启
你看不见里边的道具
那个神秘的建筑又圆又大
里边装满火焰
头盔和
风筝。你看不到里边的锁孔
和挖掘

这是龙乡的一个夜晚
这是八月的一个夜晚

这是爬上父亲肩头
听故事的夜晚
这是钻进树林
捉金蝉的夜晚
这是溜着墙根
提灯笼的夜晚

童话装在大人小孩儿的口袋
大人小孩儿一起

在月亮里奔跑
老祖母从玉米地起身
再次回到长满柳树的村庄

他们说
快来啊,孩子们
已经出场！他们穿着上古的
金和银。他们敲着腿骨
骑着轱辘和
水中之兽

2. 图腾之光

混沌之光架在狂野
人兽混杂

众多的图腾展开
并沿途悬挂
他们在图腾中间被孕育、孵化
并分身

臂力雄起是一种图腾
腿骨凸露是一种图腾
黑斗篷、绿斗篷、黄斗篷在身后旋起狂风
是一种图腾
弓箭张开是一种图腾

变成鱼类和鲜藕是一种图腾
变成晶体和泡沫是一种图腾

飞起是一种绳索之爱
绳索接通钢筋
钢筋连上雷电，光芒普照
他们再次降生为
举手奔跑的孩子

瞬间
那些喷涌而出的彩色涂料轰鸣着
从他们开裂处
敛回。他们

从水中消失

3. 从水中消失

从水中消失
那弹钢琴的开幕男子
带着他面前的一地音符
从水中消失

水漫过他举高的手，漫过
他叉开的手
他扑倒，溅起一阵巨大的漩涡

从天而降的各路旗帜
带着它们的叶子、颜料和角质器官
从水中消失
水掩埋它们如同掩埋一个黄昏
水面上泛起一层

金属般的旧光泽

从水中消失
最终全部从水中消失
铁器从水中消失
绿光从水中消失
莲花和贝壳从水中消失

从水中消失
水,大开大合
水撞击着水
水亲吻着水
水搂抱着水
水分离着水

从水中消失就是在龙骨紫红的骨髓里融化
龙骨埋在地下
几万里的行程此时只是一个瞬间
他们走进浪花深处,带着
龙之吻和龙之烈焰

4. 黄金之舞蹈

有人在夜里
把蛇、蚯蚓、蜘蛛
鱼鳞、玻璃、刀片装进他们身体
他们的脊骨渗出
大片的盐碱

他们在自己的脚尖上跳舞
跳燃烧的舞
跌进黑暗的舞
他们爬高
用自己的臂力把自己的全身
提到自己头顶

他们还是些
正在长身体的孩子
有人在他们身体内塞进灯笼
塞进黄金和
巨大的河流

他们向东向西
向南向北全都由不得自己
他们只能把自己倒提在
自己的手上

在偌大的表演台
在空中
扔来扔去

5 .水秀水秀

在水中舞动
音乐随剧情铺进流水
化作人鱼的姑娘带来花朵和雷电
在水中次第升降

水被染红
被染绿、染蓝、染黄
染青。染成
爆破的颜色、降生的颜色、碰撞的颜色
所有的染色体开始找到它们的异类
进行救赎

大雾从天降落
水中求生的孩子用肢体行走

他们把河流和湖泊穿在身上
他们把河流和湖泊深处的雷电,横着竖着
穿在身上

他们是善于潜伏的孩子
善于沿着水脉
撬动整个河床
他们为此在陆地上已经准备了
足够多的白天
他们的手脚已经开始长出
粉红的鱼骨

瞧,他们在水中已经架起梯子
他们在梯子上
云朵一样恋爱。梯子在飞

梯子是一根缠绕着
脐带一样的绳索

6. 空中飞人

肋下画着羽毛
从铁框里起飞的孩子，被灯光
当头照射。他们像真的鸟
横着飞

从一根稻草到
另一根稻草
从一次投生到
另一次投生
从一只鞋子到
另一只鞋子

他们像黑炭那样
在空中，掷来掷去
他们必须依靠对方的臂力
和小腹上的支撑
才能不脱轨

这是传统剧目
是上刀山下火海的剧目
是落地生根的剧目

网，在下面
网，在四周

落网之人两次落网，他是

有重量的孩子
人群从四面八方拥抱他,爱他

7. 组合之大

水组合了泥土
泥土就有了水的潜流
泥土形成村宅
村宅就有了泥土的厚度

当一场演出以人体为极限
组合水
水为舞台为背景
人之骨为轴
为起点为圆心,哦
这不再是杂技本身

当电光和音响同时穿透
人世疾苦
在人体的各种跃动中,凝结如块垒
人站立
人骨站立。哦
这已经是未来和未来的组合。当

色彩分崩离析
包裹着这奇异的时刻
和这奇异的部落

他们已经多次被打断

他们的身体已经多次裂开，朝着
四面八方的种族

飞翔并
恣意流淌

2011.8.16

龙门石窟行(组)

1. 有座石窟在那里

有座石窟在那里
先于我的行走和仰望,在那里
有座石窟永远在那里
先于我面前这个春天
先于我身后一群群拥挤嘈杂的香客,在那里
有座石窟背着满身的铁杵和撬痕
在那里

在那座石灰质的山体上
在那座石灰质山体最接近人类行走、攀爬的地方
在蜂拥而过的云朵下边
在鱼群一样翻卷的渡船跟前。有座石窟
在那里

你来吧,从
开败了的桃花深处,带着
桃花深处的嘴唇和风暴

2. 沿途传说

那座石窟是百步穿杨的石窟

是容不得沙子的石窟
是叶落归根的石窟
是满脸刀疤的石窟

那座石窟看起来星星点灯
那座石窟看起来天花乱坠
那座石窟看起来乱云飞渡
那座石窟看起来雷电交加

它在那里
一直在那里
那里一直长出头颅又被砍掉头颅
那里用黄金铺地
用牡丹喂马那里是
丝绸之蚕茧是
最柔软最寂静的篱笆墙洞

那里一直有人往山上背石头
他们把石头背到山上之后,转眼自己就变成了石头
那里一直有发芽的草,在石窟缝隙扎根
它们扎根之后
它们自己转眼就变成了佛祖

3. 龙门之水

一条大河流啊流
石灰质的山体不断滚落下草根、树叶和雨滴
一条大河是高了

还是低了
从东到西不过是一条渡船的时光

一条大河隔开很多种族
远途而来的神仙跪下来净面喝水
雨水把他们重新变回鱼虾

一边是龙一边是鱼
一边是清水一边是土坑
夜晚的鞋子被河水再次送回到岸上
水漫过村庄的黎明
你从哪个女人的腹腔落地
你吐出的泥沙是不是很干燥
很蜡黄
很腥臊

4. 万佛洞

今日,所有的窗口全部打开
外边是春天
它们就是朝向春天打开
外边是四月,它们就是朝向四月
打开。外边是拔节的麦苗
它们就是朝向麦苗打开
外边是一坨坨翻滚的油菜花、海棠花和樱花
它们就是朝向花朵打开。今日
所有的小窗口都在擦拭自己的窗台
都在藏起尘埃。藏起

莲花的根。这一万五千个窗口

全部来自一朵圆顶的莲花
那是你的圆心啊，你是花园小径上的一次落果
万人成佛你低头
我抬头。我由此得到恩赐和重生

而飞天的女人提着她的丝绸，提着她的脚
带来沿途一路开花的风
一路叫嚣的风

5. 龙门方

药方和石窟为同一个人所生
药方是写在石窟背面
你走来你打开
那些坚硬的草根瞬间复活
天下大白，我们都是等待药方的病人

你走来你打开
你的药罐已灌满滚烫的药液
你走来你在石壁前站立
你把石壁上的花朵、根茎重现变回
草本的样子

这些硬过炼狱的花花草草啊
它们站立在石壁上的样子让人惊慌
它们等待在石壁上的样子让人惊慌

它们镶嵌在石壁上的样子让人惊慌
它们在石壁上挖不动、掘不开的样子让人惊慌

我惊慌我们的草根
惊慌我们的病
我们的疼。我们有一嗓子眼滚烫的药液
需要咽回我们荒凉的身体

6. 卢舍那

要多久才可以长出那么高的身体
那么宽的肩
那么厚的耳郭
今日的暖风裹着我的小腿
我腿疼的时候你却在自己的微笑里望远
这让我更加孤独和羞愧

是谁把你的眼神抬高
抬高到你的眼睛不再是石质的缝隙
不是石体上的挖掘和埋葬
不是的。你看的方向我也在看

你看的方向我也在看
我看到另一座山在那里不停搬运自己的石头
河流绕过山体犹如血管绕过
一堆骨头。我回头看看你
我只有这一小会儿的时间,待在你的
身边。我只有一小会儿时间

一边看你，一边顺着你的眼神
纠正自己
我纠正自己的时候我脚下那些麦苗
正在往骨节那里疯长

2014.4.12

天地中人行(组)

1. 天地中人

放火自焚的老男人成为无影台下的一把尘土
嵩山盆地的老树再也穿不上
土垒一样的硬鞋了
松绑是一种运动
树冠里的死亡谁也说不清来自
哪一缕阳光的突然断裂
将军们并不喜欢木质的封赏
它们藏起风雨、硫黄和石灰质的泡沫
四面八方都可以出逃

应该相信
世界的中心就在眼前
王者必居中土。是的
王者的焦虑我们能看得到。应该相信
尊是一种神器。应该相信
尊里的火
尊里的刀是神器里的神器
它们早已先于神器居住在
圆形土壤和青铜之内了

2. 达摩来者

来者从一棵稻草上降落
恢复血肉之躯
他经过了多少年的沙漠、山巅和沼泽
西方向是尖锐的
他必须减速，找到幽深的洞窟
把滚烫的面皮冷却
他比白马驮来的经卷
更有地气
因此，他的每根胡须都可以饲养成千上万的猛虎

现在，这里人影攒动
就连那些背锄头带花篮的小蜜蜂
也来了

3. 观星台上的豆

影长一寸
地差千里
顺着影子倒下的沟槽
可以找到花朵、汛期和冰
砖石结构的星星，可以伸手触摸

太阳通过针孔之后太阳变小，变细，变菲薄
变恍惚
太阳和太阳的距离就这样产生
砖石结构的太阳，可以伸手触摸

现在,砖石结构的观星台每天都要交出
具体的砖
具体的石块
具体的凹槽和
具体的刻度。子午线将藏下鲜亮的风水
赠送出新的农庄
而今日的太阳将再次钻进它的投影
变成一粒具体的,豆

4. 塔林之舍利

寺庙有寺庙的门窗
经卷有经卷的折痕
香烛有香烛的洞眼
木鱼有木鱼的骨灰

寺庙死亡之后,会留下门窗
让经卷活着

经卷死亡之后,会留下折痕
成为剃度

香烛死亡之后,会留下洞眼
藏着香灰

木鱼死亡之后,会留下骨灰
让人返回

因此,这里需要有很多的舍利

很多的塔

5. 书院之雪

探求学问的人站在雪中
一站就是半身的雪

雪，旧时代的雪
白鸽子一样的雪
蚕茧一样的雪，轰隆隆落在
那样的屋顶
那样的窗台

这半人高的雪啊
你落在那样一个冬天，那样一个
遥远的路上

那样一个木质的
刷老红漆的，门口

现在，仔细听
依旧可以听到雪落在雪上的
那种声音

6. 圆融之爱

石碑是警示之物
石碑上的额头有三种微笑
带来三种方向和

三种福祉。任何一种福祉都源自
大善与大爱
石头里的箴言如今又软又甜

石碑上的腹中藏九瓣莲花,瓣瓣
生根,根根带藕
你们在土地之下必将结为一体
你们将是彼此的父母和
子孙。你们将带来彼此的生命
和埋葬!

在石碑前站立,微笑,从而获得灵光
和教化
脚下的土地变松变软
是的,我们随时会和墙缝下的一棵小草
交换位置

2012.4.14

殷墟行(组)

1. 柔软的甲骨

最早的模仿者在骨头上造字
讲述占卜
骨头真多啊
祭祖的火焰在肩胛骨那里爆裂
产生神迹
搬运龟甲的人从沿海驱赶四足小兽
到中原献出它们美丽的脊背
繁忙的一天就这样开始

最早的模仿者埋头在骨头里,剔除骨头
骨头真多啊
牛头堆积,祭祖的硬刃划出
朝拜的线条。硕大的羊角干干净净插进
它身下的草原

而青铜的尊和
青铜的鼎被反复打磨,开光
墓穴大开
不同的阅读者在对面攥紧自己的手腕

据说,京城治病的老者从一块龙骨的热气那里
看到一座辉煌的城池

他秘密购买了它们

2. 四合

比故宫还大的四合院深埋在地下
请注意，现在
你们正走在这院落之上

请注意，这院落里有婚床
有钟鼎，有火种，有兵器
还有婴儿。也就是说

你们正走在婚床、钟鼎、火种、兵器
和婴儿之上。它们完好如初
它们和你的腿骨保持
一房顶高的距离

而跪坐的王子肩扛长戟，挺胸昂首
他气色真的很好

杀人者和自杀者极有可能
是同一个人

3. 妇好

出得宫殿
上得战马
爱她的男人坐在帝王的宝座
给她战车

给她戟
给她尊
给她象牙
给她美玉
她安静躺在自己的小屋
等那人慢慢变老
她爱的男人却没有和她同葬
她爱的男人最终去了哪里
现在宫门大开
盗贼在夜里摸黑进来,掀她的后背
掰她的手腕

4. 腰斩之刑

我相信
那是一个不肯失声的男人
当利刃突然切断他膝盖以下的肢体
他张大嘴巴

现在
他依旧张开吃惊的嘴巴
牙齿没有留住一颗
时间走得很慢
考古学家先是小心掏出他口腔里的淤泥
后是把他腰部、颈部的红粉
扫干净。现在

他完全可以喊出憋了三千年之久的
那声疼了

5. 引路之狗

祭祀之前
需要一只狗引路

狗在前
人在后
狗把头扭回去,从墓坑后边
找到人身

为什么是狗
一只回头的狗,一只远行的狗

狗是黑狗还是
白狗、黄狗。狗叫的声音
汪,汪汪,汪汪汪!
狗是被捅开了脏腑还是
被套上了绳索

狗和人隔着一个
墓坑。这是考古学家指着投影
讲给我们的一个细节

6. 车马坑

多么大的轱辘
有半间房子那么大

跑马的车需要有力的驾手。主人站在车上
打仗,巡视。车
晃荡得厉害。车上的主人
也一起颠簸

圆木、横木和钉子框在一起,架在
马的脖子。马的疼
依旧满当当盛放在暗红色的车马坑里

站在车上的主人,操刀
刺杀,对面的车马

跑不动了,就轰然倒塌
马的腿骨白生生
人的腿骨白生生

多么大的轱辘！一个房间装不下它
马车歪倒在红泥之中
小屯地下的王朝这才慢慢
寂静下来

2012.4.15

七个梦(组)

1. 地震事件

只有我知道
太阳爆炸已经很多次了

太阳总是从前方
突然摔碎，岩浆四溅
巨大的、喷射着火焰的石头砰砰砰砸进
逃窜的人群。哦
我刚站起身，身后的房屋和村庄就不见

那是原始时期的石头和火焰
是来自地层深处的震动
它们从洪荒出发，要把我们全部带到洪荒那里去

我转回头看
是的，我刚站起身
身后的房屋和村庄哗啦 声，都不见
到处是火焰
是飞窜的、四溅的、滚烫的石头
我的儿子呢
我的父母呢
我的姐姐妹妹弟弟呢
我们要被带到洪荒那里去

很多鞋子横着飞
很多的衣袖拽着衣领和衣襟
横着飞
很多的窗口带着东倒西歪的房屋
横着飞

天还没亮,洪水上的大蛇就不会回到河床和沙尘
天还没亮,祖父就永远回不到他的洞穴
天还没亮,我必须一直不停地挖掘

只有我知道
我是从手指开始变回钢铁
好冷。我找不到棉花
而大雪正在窗外堆积。天还没亮
我们暂时还不能被带到
洪荒那里

2. 老屋下边

只有我知道
老屋下边住了很多小兔子
她们不需要灯盏和蜡烛
地下没有猎人
因此,她们把薯块般的小兔子
生在那里

我多么喜欢眼睁睁看着
老兔子生小兔子
很多冬天的黄昏,我就这样偷看母亲侍弄老羊

生小羊

我多次蹲在墙根，把花瓣和草籽放在那里
石榴树没有影子
石榴树安静得像一位睡熟的老祖母
月亮照在土坯墙上，哦
墙缝里的蛛网微微颤动。小兔子们
钻出洞子
她们飞快奔跑，吃花瓣，喝水

我真是喜欢你们
你们快来让我捧一捧
亲一亲
你们快来站到我面前
快来用水红的三瓣嘴儿，亲我
拱我，咬我

红红绿绿的草高大起来
我叫它们小虫卧单、红秧秧、野芹
大叶麻、牛耳棵、老茅根、老黄菊、水葫芦、节节草
它们红色、粉色、绿色、青色、黄色、紫色、灰色
瞬间，它们忽然全都蓬蓬，蓬蓬
开起了花儿

3. 飞起来

飞起来。霞光一样
飞起来
多么轻，身上装满歌声

歌声在天空流淌
多么轻,肋下没有羽毛却满是羽毛那样的风
风鼓动
我一次比一次高!

只有我知道
我是具有神秘飞行术的女孩子
妈妈抚摸我的肚子
她给我揉。窗户漏进锡箔一样的阳光
我睡着了,我的被褥上
全是锡箔一样的阳光

村庄就在下边
我快乐起来
没有人追赶我
我总是一个人
去割草
拾麦穗,堆泥巴。一个人
在墙根下挖蚯蚓
甚至一个人,遇到蛇

只有我知道
我的肋下比树丛还庞大,还深陷
妈妈总是给我揉
可她的手又黑又硬
她说我是一个讨债的女孩子
我从水塘飞出
我从玉米上空飞过
我很快就高过了房顶和
杨树林。没有人追赶我

很多的蜻蜓、蝴蝶、蜜蜂噼里啪啦落在我的辫子上
我身上长满玉米、大豆、高粱、芝麻、花生、红薯、棉花、蓖麻
那样的叶子和花朵

哦,我的飞行从来没有停止
就在昨天夜晚
我再次飞过村庄
飞过母亲的头顶
我和她分离的时候
她也在我平行的方向——飞

4. 埋在野地的外祖母

只有我知道
她的宫殿长满柳根
柳根垂直
柳树上的鸟巢长满羽毛和草籽
放出风!放出绣花鞋
放出铜钱、棉絮、红绸和金童玉女
我的外祖母今夜出行

只有我知道
她不说话是因为她来自另一个种族
她不说话是因为她是从咽喉那里
一寸寸变为泥土

她穿纸做的衣服,穿纸做的鞋
她吃泥土里的虫子,吃棺材上的油漆
她口袋里装满纸做的金子、纸做的银子

她带着纸做的侍女、纸做的麻雀
今夜,我的外祖母骑着她的柳树
来我的床单上,看我

哦,她不是镜子却比镜子菲薄
她不是水井却比水井更接近大田
她不是头巾却比头巾清晰
她不再流血却比流血还让我晕眩和攥紧手掌

只要看到她
我就能看到她小屋的锅台
屋后的羊圈
屋角的楝树
喳喳叫的老麻雀蹬掉一地白颜色浆果
哦,四月桃花尽
五月小麦黄
六月点玉米
我的外祖母带着她的羊群
来到我的窗前

我不能打断她
我只能在窗前向她献上一碗
热乎乎的面汤
她不说话她的额头已经成为泥土
我流着眼泪服从了她

5. 发大水了

那条河流是从黄河的根部

岔道而来
河道好宽
房屋大的荷花在河床一边开花
一边结籽
爷爷和舅舅们穿着棉袄
在河底放牧羊群
羊群忽然变成滚动的麦草垛

杨树、柳树、桐树、槐树、椿树、枣树、楝树越长越高
越长越黑
鸟巢比花朵还多,还重叠
乌鸦、麻雀、喜鹊、斑鸠在枝丫上
猪、马、牛、羊、大鹅、鸡、鸭在树荫下
父亲从集市上带回大鱼
给母亲熬鱼汤,母亲
包红头巾,在棉被里喂弟弟吃奶

很多的红蜻蜓被种进
玉米地。很多的瓢虫和金龟子
被种进玉米地。很多的
蚯蚓变成鱼
很多的蚂蚁变成蜜蜂

只有我知道
这是扔死孩子的地方,这里
白天也少有人走动,这里
有过一个向阳小庙
却少有人烧纸烧香
这里,母亲去她的姥姥家
一溜小跑。那时候是民国

那时候她才三五岁
那时候,母亲的父亲被征兵
母亲的父亲一去不复还

只有我知道
死孩子是一些白生生的
小孩子。死孩子忽然又是那些裹满泥巴
没有名字的砖头瓦块

6. 母亲骑着墙头建造房屋

只有我知道
纸房子和砖头房子都会被风吹走
会被火焰烧成灰
母亲在房顶上摇摆飘浮,攥紧砖头和泥巴
不要动！我们都在下边
好冷啊,妈妈

如果雷声和闪电再大一些
我们会成为蜷曲的小虫子
黑压压的乌云从西方向再次席卷而来
瓜棚里灌满雨水
回家的路被雨水冲走

只有我知道
屋脊上的河流总是比墙角下的河流浑浊
母亲一身泥巴
她用双腿压着屋顶怎么看都是
跪下的姿势

我扶着梯子，仰头向上
哦，母亲头发飞溅
她说要换一个不会摇动的房顶给我们
她匍匐，手里抓出一把又一把的砖块、泥浆和石灰
使劲扑打房顶

房间好多
家门对着家门
我奔跑，从南到北数房间
从东到西数房间
怎么也数不完
鸽子扑棱棱从房顶扑进我怀里
我给它们小麦种子和
玉米种子

忽然桃花开了
忽然杏花开了
忽然梨花开了
忽然门框满是露珠
门板上的小红人、小蓝人和小白人、小黑人
全都走进房子，坐在
母亲床前。天
亮了

7. 娶亲的队伍开过来

你娶我已经
一百次了，可我还在父亲的家居住

你娶我
用书包娶我
用田字格娶我
用黑板擦和大教室娶我

你用脊背和四肢娶我
用大红轿娶我
用马车牛车娶我
用木板娶我
用稻草和油灯娶我。你娶我
用喜鹊娶我
用七星瓢虫娶我
用蜗牛娶我
你娶我,用泥娃娃娶我
用柳哨娶我
用窗花娶我

你用筷子娶我
用大白菜娶我
用黑瓷碗娶我,用
大铁锅娶我

你用高粱秆娶我
用土地庙娶我
用蚂蚁、蚯蚓、蝴蝶娶我,用
柳树的根娶我

甚至,你用你的祖母
娶我,用你家的九个子女
娶我。我坐在

高高的土台上想你,等你
我坐在落满桐花的门口,想你
等你

你娶我用最后的眼神娶我
用最后热气和凉气娶我
用最后的白发和牙床娶我

我住在我父亲的家
一百次,穿金戴银

2013.10.13—10.31

夏日歌(组)

——夏日灼灼，我来自东

1. 从炎热开始

太阳越来越大，越来越圆
越来越垂直
头顶热了眼眶热了脊背热了就连鞋子里
也长出汗水和酸碱
我的屋檐越来越窄，越来越潮湿
屋檐上，一些春天遗落的榆钱，正在发芽！
一些宿根的野草，也已长出新芽

我多么喜欢枣树喜欢楝树喜欢石榴树
这是窗前的树，是等待雷电
和雨水的树
我喜欢鹌鹑喜欢斑鸠喜欢乌鸦喜欢麻雀喜欢喜鹊
这是永远不会离开的鸟

五月，我出生
脐带剪断
我流着母亲的血，母亲也流着我的血
她疼我也疼
我攥紧拳头睁开眼睛张开嘴巴
我只认识奶头和奶水
我大声哭拼命吞咽奶水

就连夜晚我也要吃奶

因此，我喜爱热天
我总是跃跃欲试
我渴望裸体
我张开翅膀，露出脊背上的花朵儿
和糖浆
我的腋窝开始长出蜂巢一样的汗水
我不再等待因为我已经露出亮晶晶的额头

2. 割麦种豆

割麦种豆的人是我的父亲
和兄弟
他们已经等待了一辈子，也割了一辈子的小麦
种了一辈子的豆
他们用割麦的手种下豆子
你知道天下的豆子都有哪些？我来告诉你
——黄豆黄，绿豆绿，红豆红
黑豆子有神秘古老的药性
哦，我在大田和父母一起
割麦种豆

——割麦种豆！
圆鼓鼓的小鸟站在椿树枝头
椿树荡漾
你准备好了吗
你的打麦场准备好了吗，你的腰身
准备好了吗

你的汗水准备好了吗

如果没有镰刀,一个农夫还能怎样和麦穗
相握。如果没有麦穗
没有豆,没有这越来越红
越来越逼近的太阳,我的父亲母亲还能怎样
打开晒谷场,走回他们的
家族。割麦种豆
小麦追赶着粮仓
羊群追赶着鞭子
朝拜的人在心口画符,在回家的方向
掷出鞋子。我来自东
我的脊背必须长满小麦。我弓身
在小麦的根上,一次次种豆

那只鸟！你是通缉游子的飞禽
你带着我的镰刀和锄头,走进我的城市
你站在我的楼顶就是站在我的头顶
你从来没有离开我的窗口
和我的打麦场
我在夜里也能跟随你振翅起飞,含着露水
并掠过
我祖坟的圆顶

3. 一切都在生长

所有的毛孔都张开
所有的眼睛、鼻孔和嘴巴都张开
肚脐裸露,小腹裸露

腿骨上的风沿途脱落
脚趾变黑,脚掌里的泥土增厚

那些褐红的、干硬的砖头、瓦、琉璃
都在透气。屋顶大口大口吞咽
滚烫的太阳,它变软
屋檐内的木头一层层脱落,年轮一层层
脱落,化成碎屑和风
蚂蚁和蚯蚓用血红的触角亲吻并
搬运它们到地下

云彩总会使劲抓住自己,抱住自己,然后
又使劲把自己撕碎,一层层
一块块,一缕缕往地上扔。它们很快化掉
并再次聚集,上升

村庄在变软,大庙变软
煤块变软,粮库变软,河流变软
羊群变软,绿色
变软。刚出生的小麻雀和小燕子嘴角的黄
软到奶水里去了

黎明,蜘蛛和蛇爬过马路
到马路的那一边去了
它们留下蠕动的痕迹,让人怀疑那一边
有一场爱情和争斗
而路边的草被压倒
草丛里的洞穴被阳光撑大,撑圆
草尖上的风东倒西歪

土墙里的大黄土蜂嗡的一声,冲出来
她把蜂巢筑在里边。土墙
是一个老人的土墙,她正倚着门框对着一朵石榴花儿
梳头

4. 瓜熟蒂落

我要吃瓜
要吃下一箩筐一箩筐的花皮大甜瓜
河滩上的瓜甜
沙地里的瓜甜,它们的香味和甜是我所迷恋的
我为此感谢这个季节
我要一次次吃下它们
并把它们的种子还给泥土
和河流

我要吃下一马车一马车的大西瓜
它们来自离我最近的村落
它们大如斗,有我最熟悉的瓜蒂和藤蔓
卖瓜的农夫农妇是我的亲戚
他们来到我身边
带给我绿皮红瓤的幸福。所有的瓜
都有一个甜蜜的灵魂
我要和它们重逢

我要吃下它们
这不是瓜果店
我不喜欢壁橱窗格子
不喜欢陈列不喜欢布局

时间一到,它们从离我最近的村头滚落
滚到我的面前
满大街流淌。我心疼这些圆滚滚的果子
我爱它们的花纹和饱满
我长时间站在它们面前

在夏天,瓜熟蒂落
就连流浪汉和乞丐也能吃到最甜最大的瓜
他们吃瓜的样子和国王
没什么不同

现在,让我对着这些又圆又翠的甜蜜
大声呼喊
对着这些长满裂纹的甜蜜
大口吹气
让我把你掬起来,对着太阳
拍打,扣动。我把我的双手掐在
它们河流一样的斑纹和
切面上

5. 干旱地区

干旱是由雨水决定的吗,妈妈
干旱之神在我家门前走来走去。它脊背上满是火苗和汗水
它甚至把自己伸到水井里

可水井一直在下沉。妈妈
干旱是由屋顶决定的吗,你看我们的屋顶
干裂得不能踏上一只脚

墙壁也在干裂,墙壁里的砖头
一直缩小,变成碎屑

干旱漫天遍野。干旱之神带着它的子孙
长进我们的毛孔。柳树干旱
牛羊干旱,鸽子干旱
镰刀和锄头干旱。爷爷的纸房子干旱
它们在流出最后一滴汗水之后
全都望着天空

而天空的干旱来自玉米和豆子的
腋窝。它们在缩小
直缩小到粉红的根里。干旱之神带着巨大的轰鸣
在大平原上冲荡
口渴的人找不到一颗露珠

为什么河流流经的地方,会龟裂出
刀刃那样的缺口。河流里的冤魂还在紧紧抠住
一块鱼骨不放。鱼骨下有蚂蚁吗
有蚯蚓吗,有
蝴蝶吗

为什么我必须仰起脸来,承受这阉割
妈妈,你拿着铁锨出去
又拿着铁锨回来
所有的街坊邻居和你一样
拿着铁锨出去
又拿着铁锨回来
已经惊慌了,心口
站着成群的蛾子。已经惊慌了

大田里那些玉米和大豆
越来越小。妈妈
干旱之神带着一车纸马从我们家门前走过

我们为什么不离开
我们附近那条河流，为什么不离开

6. 中原黑蝉

一只蝉蛹钻出来
很多蝉蛹钻出来
只有在夏天
你才能看到它们
才能和这样一群追赶翅膀和嘶叫的土著
撞个满怀

在成为飞鸟之前
它们没有翅膀只有
泥泞的腿和脚
它们住在树下，住在沟边
甚至有的还住在，胡同的泥墙根下
它们在那里已经住了多年。这一日
它们吭哧吭哧出来
在黑夜，急促滚爬
冲撞一样滚爬
它们背着肉里的翅膀
背着肉里的性器
连滚带爬。它们在长出翅膀之前多么危险
那么多的野兽跟踪它们

我是多么喜欢这些小虫。多年之后
我听过别处的蝉的嘶叫，听过山里的蝉的
嘶叫。太不一样

我们家的蝉
它是大声叫，一口气
长调。它被村庄弹起大叫一声
大叫着，飞向另一个村庄
一只叫了
其他的也会翻天覆地叫。甚至
月亮上来了，它们一群群站在巨大的树冠里
大叫。村庄安静极了
村庄被蝉包围，村庄冲不出去
村庄只好老老实实待在
蝉的翅膀下

我是多么喜欢这些
吃树叶饮露水的小虫
我多次把衰老的蝉扶起来，再次送它到天空
它再次摔倒在我面前
直接摔成标本
我多次在种下小麦的土窝里看到它们
断开的嘴唇、翅膀、大腿和
黑暗的产卵器

7. 暴雨之后

暴雨是斜着下到我家槐树上的
当然，也有垂直下到我家

椿树上的。我的枣树拧着身子站在那里
已经站了一辈子
我的枣树全身湿透,树上的裂口
树上指头大的小枣子
全都黑亮亮

暴雨下到牛羊的身上,它们全都
往家跑。暴雨下到鸡鸭鹅的翅膀上
它们全都跳着脚,站在过道。暴雨下到
喜鹊和麻雀的脖子上,它们全都低头缩肩站在
树杈上

暴雨是从西边下过来。西边是海洋
高过屋顶。东边是玉米
低于大腿
闪电伸手可触
要避开大树,要弯腰
要抱着对面的黑暗,拼命往家奔跑

暴雨可以下三天,也可以下五天七天
暴雨下到院子
又下到玉米地
暴雨在中间还下到,爷爷奶奶坟上
暴雨下到大路小路,下到学校下到粮站下到
土地庙
暴雨下到芝麻绿豆的花上

暴雨下到水井。吃水的井和浇地的井都满了
要发大水了
要决堤了。要准备更多的土

更多的棉花和面粉
屋顶上的瓦已经长出绿苔,屋顶上的青砖鸽子
今夜披满闪电

妈妈,为什么我们不离开
大水将至
为什么我们的河流和鸽子,不离开

8. 玉米的黑

玉米的黑,是禾苗的黑
是成千上万吨重的
绿的黑
是整块整块的黑
你把腿插进去
你瞬间也就黑了

你是被沁凉沁凉的玉米的地气,弄黑
你是被玉米阔大叶子上的倒刺,刺黑

整块整块的黑
直立起来的黑
鼓动起来,整体向上耸动的黑
黑成一个城堡
黑成一个阶层
黑成一个家族
黑成一块天空那样大的锁

我坐在归乡的汽车上,看到这黑了

我在夜里的窗户上、灯盏下
看到这黑了

我听到这黑的喘息
张开,又合上。我听见这黑中的一棵
啪啪使劲抽打胸口,它要长出
粗大的胸毛给这个家族。还有很多黑色的脚
踩着回家的路
半途中它们忽然全都举起腋窝
使劲往外掏

我在回家的汽车上
看到这黑中的一个
噌噌噌往众多头颅上跳
那众多的把它按下
朝它吐口水,伸拳头
一回头它们全都用粗大紫红的锁链
把自己绑缚
以免自己把自己折断
——再粗大些啊！再
挺直些啊,把那些上上下下的糖浆
收紧,再收紧——

现在
那些金黄金黄的穗
带着它顶上的湿淋淋的红丝络
就要娩出来了

2014.8.16—8.22

卷四：打碎我，生出你

祖宗牌位

1

确切说,牌位上的男人
我不认识他们
那些女人用父亲的姓氏,附着在角落
一张卷轴就这样从我童年
在春节悬挂,父亲打开箱子
母亲点香,磕头,并把热腾腾的饺子,摆两碗出来
我喜欢这鲜亮的山和水。我从没有见过
这么洁净的图画。我站在卷轴下边
充满幻觉

2

那山,没有边际
看不到石头。高大的树,郁郁葱葱
松柏。一角凉亭。一段溪水。一片野花
白云飘过来,就不走了。
紫色的小鹿一直蜷卧在碧绿的小草里
我知道,树林的下边
肯定覆盖着另一个村庄

3

两个仆人在收拾家什
这和匠人剪画出来的金童玉女
肯定有某种关系
他们苍老,顺从
那个女的,穿一条翠绿色裤子
花瓶里长着一株粉红的鲜花,像桃
阳光有点散乱
紫红的木窗直立在他们身后

我问大娘,那女仆
是我们家的吗
大娘穿一件紫色的粗布上衣,卷着袖口
额头一团乱发,沾满
白面。她忙着做午饭。我的母亲
卧在床上给一个婴儿喂奶
大娘擦一擦额头
笑得,很幸福

4

这是高大的门楼,雕着
飞舞的青龙
四根柱子,分隔出两个正门、两个偏门
大门是预备走马的
哪一位男人会穿起锦袍玉带
哪一位女子会穿起凤冠霞帔

小小的空格挤满了手持镰刀的短衣男人
他们在夜里一次又一次创造新的生命
直到夜真的黑下来
两只狮子蹲在四方的青石板上
等我的侄子喂它肥美的鹿肉

那些嫁走的女孩子从这门口走出去
就成为客人。在许多早晨
我伸出通红的小手,砸开冰冻的河水
洗尿片给我弟弟

5

现在不烧香
烧香的时候,我不在这里
两个异姓女人跪过的痕迹,一直没有收起来
父亲在楼下唱着曲子,他们
盼望我回家
一遍又一遍迎接我
现在是晚上,寒冷从脚后跟爬上来
今年的冬季过于漫长,母亲和父亲穿着大厚的
棉袄,并排坐在沙发上
我惊异他们提前合成了一张照片

2004.1.20

纸　　扎

——叫你金童，叫我玉女。我们的存在，只是为了等待那人的死亡。黑色的棺木，是我们生命的意义和背景。

1

是谁让我们站在这里
等待背后的棺木，在暮色中慢慢合拢
那个使用裁刀的人转身去了，他不是我们的父亲
我们的童年从传说开始
那些洁白的高粱秆，弯曲在我们的身体里
贴近骨骼，多么脆弱
那些纸做的衣服，我们只能选择
水红和翠绿

我们站在这里，必定遵守诺言
保持沉默，神态安详
平躺在背后棺木里的人和我们并无瓜葛
叫你金童，叫我玉女
他们这样规定了我们的身高、体重

2

我们是青梅竹马的孩子，我们有过
绣花鞋、红灯笼

胡同的土围墙斑驳潮湿，长满蒿草
那些蜘蛛不咬我们，小蛇总是在我们脚边
爬过去，大人却看不到它
月亮即使不出来，我们在池塘里玩水
也会看到许多的泥鳅

我长大，你也必定长大
我站在这里，你也必定站在这里
他们安排我捧一只花瓶，也必定安排你持一束鲜花
他们给我们，穿纸做的衣裳
他们，在人群里走来走去，端着粗瓷大碗

3

这就够了，我们不是已经相会了吗
你站在左边，我站在右边
拿着经文的男人，让我们保持靠拢的姿势，这和梦境
多么相似，我微微侧身向你
就像许多的夜晚，我打开窗户
习惯朝着你的方向保持沉默，现在
我终于看到你了。你平静，面带微笑

叫你金童，叫我玉女
他们这样规定了我们的身高、体重
我们是穷人家的孩子，我们在一个村庄里
随风长大，我们
只能穿纸做的绿和纸做的红

4

叫你金童，叫我玉女
我们是别人家的孩子，在同一所宅院里出生
我们坐一张桌子，在一张草纸上
写彼此的名字，演算
加减，画十字交叉的直线

我们为此而来，他们规定了我们的身高、体重
那个躺在棺木中的人，不是我们的父亲
我们听命于冥界的安排，将在我们的婚礼上
把他带到天上。我们是穷人家的孩子
我们注定是辛勤的夫妻，我们必将习惯晨起
而耕，日落而眠
我们必将准时清理院中的杂草，准备
许多人的食物

5

我们指腹为婚，将结为夫妻
回到我们的从前
他们让我们彼此存在，彼此思念
在这幽静的时刻，月亮如水
我对你说话，回忆童年

你站在左边，我站在右边
守夜的人在夜半都睡着了，没有人
走过来，又走过去

我想到了村庄开满桃花的春天
我们在桃树底下过家家
生孩子
唱大戏，回娘家

6

这就够了，我们现在
多么幸福，你舒展起额头
因为快乐而充满光洁，你怕碎吗
怕火吗，不要怕
你站在这里，不就是等着和我一起破碎
一起燃烧吗，你注定就是为我
而存在，就像我
如果没有你，他们绝对不会
放我一个人出门

我们是命中互相搭配的一对孩子
我们在一个村庄长大，从出生的那天起
就预约了今天的同行

7

让我们洗去脸上的灰尘，抓住光
午时已到，约定来临
那个擦亮火柴的人，不是我们的父亲
我听到头颅开裂的声音，风在野外
总是忽然狂乱起来，我的手开始发热
我终于看清了你眼睛里的泪水

我知道这个时刻，将出现一只仙鹤
驮我们过河

我纸做的红，你纸做的绿
在飞行里，还能保持水一样的斑纹吗
棺木里的人逐渐远去
你把骨骼倒向我，我没有重量
烟灰升起，我被送到开满鲜花的地方
紫霞如缕
你骑白马，在青山上空

2004.8.7

老道口叙事

我来自你的县城，住在你的村庄里

1

我必须叫出你的名字
老道口，你埋在土地之下
又直立在土地之上
一粒小麦正往雪下伸展
它的力量是顶出更多的根须和芒刺
老道口，你在我的额头之上
又顺着我的眼睛向南
向北向西向东向着所有的方向
向着我的四肢
开花一样攀爬

我渴望洁白
那从天主堂出现的老人将带给我一条
新裁下的羊毛毯子
我喂养的羊
我的绵羊
我的黑羊
我大膀胱的老羊
我将把一条结满白沙的河滩从身体下
拽出来
我没有角的羊

我跪着吃奶的小羊
我瞎了眼睛的老羊
我将用我的身体给你扔出
一捆一捆的夜草

2

向东,烈士陵园又叫红园
一种悼念吻合了埋藏在地下的那种轨迹
有人在这里年轻
有人在这里变老
有人在这里种花
有人在这里蹲着墙根
烧一堆旧报纸。一个乞丐
找到这里晒他的破棉袄
他的安静就是整个红园的安静
小麦种在大杨树的外边
田里没有人
小麦自己在长

我的母亲就在大田
麦田压低了土壤
田野向着黄河冲过去
我们在屋檐下等待一场自西向东的暴雨
向东
我的爷爷张太平
他一直抽打他紫红的马鞭
墙壁已经弯曲
我的父亲将永远给他烧一些带钱眼的黄纸

并在半夜哭泣
向东，黄河大堤高
千尺！对岸的人
包着红头巾在柳树林里一闪不见
黄河又宽又长，黄河
不走牛马

3

一朵棉花开很小的硬瓣
老道口，你的棉花壳堆积在牛粪旁边
我将告诉远方的朋友
大豆金黄的叶子下
总是长满肥腻的绿虫子
它真让人恐惧
我劳作一辈子的母亲每次见它就惊吓
瘫软、晕厥
漆黑的虫屎像一地小绿豆
绿豆开白花
绿豆荚子是一条条手指长的锁
哦，我们多么喜欢在秋天的晚上剥玉米
我们将带着满身的红线头
去睡觉。夜里
老鼠在玉米堆上搬运新谷
它们弄出窸窸窣窣的声音
它们住在我们看不见的砖头下
它们在冬天不死亡

请不要阻挡运送麦秸的马车

它们在移动
它们在一朵一朵向着县城的方向移动
请在路边跟着北风奔跑
请把散落在路沟的麦秸收到家
请烧火
请让娘睡在新麦秸铺成的
褥子上

那东奔西走的马车
走到了卫河将上桥过河。茅草
顺着北风倒下去
念书的孩子站在西洋楼下,使劲向西张望
他们看到太阳照红的山
正在远离平原

4

请在夜里带我上床
亲爱的。你是从天主教堂走出的男人
神父赐你以美酒
他说你是他北方向的孩子。我
就是你隆起的北方

请带我沐浴。亲爱的
老道口的浴池来自我嘴唇下的深井
那一囱囱热气只有在冬天
才可以喝下去
你的鼻尖和额头落满水珠。你的眼睛
已经湿透

请给我美酒，我要和母亲
说说我们的外祖母
她看着我，我的三个姐姐
在高堂上看着我。她们等我敲门
我的父亲在风中攥紧发光的金币
他说我是他今生
最尊贵的客人

5

出了天主堂，我把信仰
还给你。那老人赐我们以美酒
我们把三个小贩交给他
他们分别是酒贩、油贩和
棉花贩子。请

吻我吧。在这荒郊野外
烈焰一样吻我吧
任何一个方向都能进入我的心脏
我在你的眼睛下破碎
带我上桥
那是老城的中心
你走在桥上就是走在
我的身上。我弓起脊背
托着你

那酿酒的人再次回头看我
他脸上的酒红泼在我的身上。我微红
我紫红

我狂奔
大街从中间劈开
大街把天空从中间劈开
大街把从我从中间劈开
我从中间长出热滚滚的小麦和玉米

6

向北，一座泥捏的
山，住着一位泥捏的祖母
她有好名声
是个行善的人
我们给她跪
给她托梦，给她
刷白墙，给她送一捆一捆的纸马

这里是没有铁轨的土地
这里不跑马
只有草
草是茅草，茅草根甜
入土为安

迎娶的人和送葬的人在村头再次相遇
他们都是在风中歌唱的人
棉被压在棺材
棉被压在大红柜
哭泣的人和喜笑的人共用一个宗庙
他们有共同的爷爷和祖母

树桩下的老牛啃光了树根
老道口
今夜我家唱大戏
接生婆婆的大剪刀缠着一丈红布条
上边的血迹已经变黑
新出生的人在棉布里攥着拳头打哈欠
泥捏的人、纸糊的人一直朝前走
去收割那场
麦根上的大火

2007.1.4

打碎我，生出你

——题写《容器》组图

1

我在你那里
你在火焰中

所有的容器都和桐木匣子有关
和封口的黑漆有关
和黑漆中的牡丹有关
我出生的时候它们也随我出生
它们就藏在我暗红色的
胎膜中

我在你那里
你在我的哭声里

你抚摸我
我就会淋一场大雨
你覆盖我
我就会变回泥泞的河流
你走回你的香烛
我成为我的婴儿

我在你那里

你在坠落中

很多镜子在额头变成泥块
很多泥鳅在额头变成钉子
亲爱的，当夜晚来临
所有的光明提着褶皱的小口
蛾子一样飞回布满露珠的黎明
我们开始走回各自的犁铧

2

我允许你到来
站在我的瓶子外

我不是瓶子
只是那么多的瓶子
模仿了我

它们模仿了我
用墙角、床头、壁橱、窗台和
客厅、博古架的微光
模仿了我

它们模仿了我的四肢和嘴唇
模仿了我的口型和眼神

所以，我允许你到来
是允许你的种子到来

我允许你的根烂在我的根里
允许你的花朵在我的花朵里钙化

今日
大朵的合欢在我大腿深处开放,你看到了吗
我总是这样描述一次
开裂。你看到了吗
我哺乳的人骨植粗大
他们正躬身背起滚涌的太阳,赤足奔跑

当乳头上的青铜浇灌下来
蝴蝶在门框站立
雷电从我的乌发里,低垂
而我肋下的一棵老银杏树拽住旷野
它的强劲在于它是

一半死
一半活

3

我在你那里
你在神龛里

有人把你雕刻成斑斓大虎
任人抚摸
攀扯和骑行
我即化身为浮云
在你的前边升空为羊群

有人把你记载成牡丹和鱼
以获得更高的器皿
我把你的香气和鳞甲修筑为屋
为瓦为门框为
亭榭
并点燃更多的香烛赐福于
遍地的母亲

我是你炉火中的一次助燃
是你微笑中的一次颤抖，是
你掌纹中的一些盐粒
我在你的门槛下种植炭灰和火焰
种植发齿和头骨
以证明这个世界所有的生灵
都可以在生灵里降生

扶住那烟灰
扶住那紫光
扶住那朱砂，低头
敞开

我以你的女祭司的容貌
住在你的栅栏里

4

我在你那里
你在墨莲中

回到桌子前
面对面，吸吮
就是回到两朵莲花的底座
桌子上站立一只
黑色莲蓬。莲蓬里的水
黑而红

我是从不再允许生育的那天
爱这黑而红的水的
这黑而红的水我倒出来，给你看
就像倒出一场淹没
和淹没后的抚恤

一个被强制节育的女人站在藕的
骨节，成为
经络的集散地。你看到她在吞咽了吗

其实，并蒂仅仅是一种幻觉
花朵早已飞走
她允许自己的倒影
站在自己身边

当墙壁隔开了雨水
当天花板保佑了一场婚姻
当大床上的栅栏被拆卸。亲爱的
我们面对面被临街的小窗塑造成
一场对抗，你
还爱我吗

5

我决定重新用陶罐的形状
生出你
我决定把你生成一个
有花蒂和纵纹的男人
细长的叶子从你的头顶覆盖
耳朵藏在叶子之中
我可以随时随地旋开你的头顶
掏出糖浆和果肉
以便饲养今日的阳光
和今日的雨水

你是泥水搅拌出来的
是手捏出来的
你被搅拌的时候晒场上到处是小虫子和蝴蝶
它们舔舐你的液体
你被手捏出来的时候很多指纹
成为你的指纹

我生出你的时候
炉膛坐西朝东
水井里的青蛙吐出带尾巴的卵子
有人把沙子和黑漆
抹在你的眼眶
你就有了哭声

我决定把你的儿子

生在你的眉心——你的面孔中间
以回报你的村庄
我决定把你的手掌分两次生出来
一只向上
一只向下
你就有了举起和放下

如果你是一座寺庙
我就把整个庙宇从底座
生出来
以便运载阳光下所有的出生和死亡

6

我在你那里
你在河流上

我们一路向东
我们是两个各自装满月光的瓮

大河带走了祖父祖母的骨植
它以干旱和洪涝两种方式
连接我们
乌云和雷电在夜晚到来
花朵和蜜蜂在白天到来
我们用脚趾和头骨追逐它们
亲近它们

当我们的脊背落满两岸的灰尘和泥泞

那是我们在呼吸
我们的嘴唇站满两岸的风

所以，我们总是把鱼骨
穿在自己身上，把所有的泡沫
穿在自己身上

我们爱大河
我爱着它的北岸
你爱着它的南岸
当有一天我们重新走回河道
成为门板上的
两个泥胎
我一定为你留出左边的位置

其实，我们永远保持着初恋的距离
在这干旱的季节
我们因为一场暴雨而久久喜欢着粮仓、酒、盐罐和
高耸入云的楼群

7

你是从我的唇上
长出金属光泽的

你站在稻穗之上，让自己成为
这块良田的放牧者
你装满俗世的粉尘，却面带圣光

但你的脊背需要藏进悬铃木丛林
才可以变成釉彩
灯盏照过来之后,灯盏自己变弯曲
很多的鸟儿从那里
砰砰飞出来

很多年之后我才知道
鸟的影子,可以是一种神迹

你是从我的唇上
有了声音的

我亲吻你的声音
我亲吻你耳根后的声音
亲吻你乳头的声音
后脊的声音
你藏在水鸟的羽毛中,擦洗雨珠

黎明,你走出花朵
背后却是葱茏的山谷

你是我的谷
我是你的火焰
时光重现
我一定和你在同一个瓷窑中
走进婚嫁和迎娶

8

斑纹是一些错觉

我决定再次挺起小腹

就像曾经驻在树坑
从此获得根须
就像曾经驻在桥洞
从此获得静水
就像曾经驻在地穴
从此获得蜡烛

所以，我必须对着斑驳的长城
长出我的砖块

你知道我是悲伤的
我必须在腰间，不断切割
以纳进你的热气
你帽子上的露珠已经成为化石，亲爱的
我在你的长城下
把自己切割成砖

你把我的村庄带走了
你把我的学校带走了
你把我的晒谷场带走了
你把我的土地庙带走了
这些年我无数次坐上开往北方的列车
背着我的砖块
背着我的泥浆
用坐北朝南的图纸
把自己切割

你只要抬起头，用祖父的声音

叫出我的小名
我就会晕厥

9

我在你那里
你在钢铁里

你在钢铁里长出
东南西北的方向
你把你的钢铁
熬制成通红通红的液体
浇灌我

你把你的钢铁弄出
撞击的声音
洗刷的声音,弄出
折叠的声音
垒高的声音

你终于把这些钢铁
弄成我们的咽喉
我恢复成旧石器时代的女人
你用一把长柄勺子
从我中间部位,挖出骨植
那些小头颅已经成型
勺子红
勺子的四周都红
都流淌

如果一场雨水浇灌下来
勺子下的荷叶被奶水洗浴
新生的小虫子在勺子的中心
张开小口
两只蝴蝶在圣女果上
张开小口。这一切

就叫淬火，叫
流淌

10

我在你那里
你在颜料里

在流浪的夜晚
我们抱头哭泣
在开红花的白天
我们红绸子一样舞蹈

我们是睡醒的孩子
我们从化石再次回到泥块和草籽

打碎我
用一些日光和风
打碎你
因为我会碎在你的面前

我的嘴唇会碎在

你的嘴唇之下。我的心脏会碎在
你的心脏之下
我的手碎进你的指纹
我的皮肤碎进你的皮肤

我们碎成瘫软的一团，我们流进彼此的
腋窝和眼帘
我们将再次出生
并成为新的陶
炉膛里的煤块已经摆放整齐
红绸在松树上飘荡
我们不需要后裔匍匐

2013.6.4—6.11

重生,哈伦阿尔山

一切可以死亡,一切可以重生

1

你是我的八月
是我的高原和汛期,阿尔山
我到来,我带着我的雷电
我的蚯蚓、我的蝴蝶、我的蚂蚁
就是带着我的中原,走进你
你的山岭你的草原你的河流你的湖泊
你的青稞你的奶酪
已经等我等了上万年

我到来,我必须到来
我渴望一种复活,渴望一种苏醒因此
我必须找到你,阿尔山
你是我的清凉之地
我必须把我的旱情在你的泉眼里
粉碎

我到来
我从高空到来
我翻过长城到来

我坐着轰鸣的夜车，潜入
地铁绕过阅兵的大军
我带着一箱子的花裙子，带着我的
绣花肚兜
带着我金光闪闪的小镜子

还有，我的画笔
我的白纸

我一路叫着你的名字，阿尔山
我一路叫着你可汗的名字，你王子的名字
你格格的名字，我笑着，奔跑着
我从我的中原启程

2

我到来，我的内蒙古
你不再是我地理课本上的一个雕版图标
而是我眼前重重叠叠的山岭和森林
我走进你我垂直
走进你，你横着竖着给我打开无数的方向
无数的通道
我的手伸到哪里哪里就是我的河流
我的花朵
我抓住你了我跺跺脚以证明
我正行走在你的花朵之上
你在我的左边、右边、前边、后边
我用我的身体，从头到脚
摩擦你。我撞来撞去

把你提起又放下
因此我的裙子上满是你的鲜花和草叶
我蹲下,用手把你捧起
你缩小为一个胆,一个流淌的
湿热的、颤抖的胆
我用嘴唇亲你用额头亲你用我完整的夜晚
一遍遍包裹你
我四面八方把你卷起来,又摊开
我叫着你的名字,哈伦
阿尔山!我把我内心的马群
带给你

我把我全身的血液和经络
带给你
把我的黄昏和夜晚带给你
把我身体内众多的儿孙,带给你
我们在你的群山河流和草原之间,窜动
腾跃

3

玫瑰峰用一山峰的野花
迎接了我
那些直立的岩石早已裂开,它们从褐红
正在变黑,变硬,变绿
这多么符合我的理想
我从它的第一块岩石,攀爬
我穿着我的牡丹红鞋,从第一块石头
弯腰,提臀

我有向上的愿望和力量要做一个
终身饲养花朵和蜜蜂的女人
我搬动整座山峰，在山顶上
坐下来。我吹它的风
看它的花。我说
“它不高，正合适……”

是的正合适，我的手伸出去
正合适
我的脚踩上去，正合适
我头顶上的乱发，正合适
我腋窝的热气，正合适
我小腹上的棉布，正合适
我弯腰，正合适
我掐一把举起来，正合适

今夜，我将在玫瑰山庄里做一场
真正的高原之梦
今夜，我的梦里只有火山、天池和
种族

4

走进你
这长满灌木和花朵的国界线
我从没有看到过
这么美丽的坐标
分界的河流和大桥被太阳照射
发出崭新的蓝光，那么远

又那么近。哦
草地里的小虫子们会不会在桥那边采果儿
桥这边养崽
努木尔根河上的漩涡，带走了岸上的种子
和风，哦
古老的努木尔根河你的八月将顺流而下
我站在你的河岸
想看清你河床下的沟壑
到底沉积了多少吨的泥沙
我在你的面前，祝福你

我转身既是把你背在身上
又是把你揽在怀里
请回答我

金雕是什么羽毛
狍子长着什么样的腿
黄羊长着什么样的头角
它们一会儿前一会儿后一会儿左一会儿右
它们就是我奔驰的草原

我必须转身
用巨大的身影把自己提回
我的领地
我身上的臣民全都沿途跪拜

5

我用我的头发、我的眼眶、我的太阳穴

走进你，哈伦阿尔山
我渴望遇见一群紫红的祖母
她用过冬的双手
拥抱我
她在冬天挤奶，烧牛粪
她用挤奶的手、烧牛粪的手
拥抱我，抚摸我

我从一个叫玉驾庄的小村子
走进你，哈伦阿尔山
你用一天空的雨水，迎接我
漫山遍野的水珠在我面前滚落，簇拥
我的鞋子
我的皮肤开始疼痛

我必须交出我的盐碱
我的泪水
我刚刚入土不到七天的父亲
一路赠我白云朵、蓝云朵、黑云朵、红云朵
我还没有来得及悲痛就到这里了
而我父亲正在他的村庄外
变成泥土
我哭泣
我还没有来得及悲痛就到这里了
父亲肯定在天上看着我
我要在最宽阔的高原，和他做一次最后告别
我要在最深最高的那棵松树下
和他做一次最后告别

那生育大汗生育格格的祖母

请你用挤奶的手烧牛粪的大手
为我擦掉丧父的眼泪

6

一切都可以死亡
一切都可以重生
我到来，所有的生灵都和我的供养有关
所有的山石和流水都是我的福祉
我一一认领了它们

柴河源大峡谷一条巨大的豁口
满山沟的石头还保持着崩落的姿势
滚涌的姿势
我进入
阳光进入
雨水进入
我踩着石头上的苔藓，踩着
石头上的绿，努力寻找记忆深处的斑纹和脉络
我怀揣着对火山的疑惧
在这里攀爬

请把我撕裂
沿着大峡谷的缝隙，撕裂
露出我的骨头我的肉，露出我深处的矿石
这是直抵地心的裂缝
是长出岩浆和雷电的裂缝
我的矿石和它们同在。请让我沿着柴河流淌的方向
轰隆隆流淌

请让我身上遍布天池之水，遍布
天池之光

7

我看到了最美的水
最澄净的蓝
最圆润的图腾
和最久远的注视
我是多么喜欢

我一一叫出它们的名字：天池、地池、鹿鸣湖
杜鹃湖、乌苏浪子湖
它们用无数的野花和野草
迎接了我。我知道它们在动
在抖动
在震动
有永恒的波纹和光芒
有向上和向下的神力
我多么快乐我是一个走向湖泊的女人

我走向这高原的湖泊我是多么快乐
我走向她们的杜鹃
走向她们曾经的鹿群我是多么快乐
我的快乐经过了炽热的铁轨经过了飞机的铁翅
我的到来多么不易

我到来就是我的雷电到来
就是我的煤块到来

我多么需要一场彻头彻尾的洗礼，一场蓝色的
淹没和剥离

而它们一律神秘
神秘到你内心的冰，瞬间融化
神秘到所有恩泽都清澈，都丰厚

即使静止
也有泉眼，有灌注……

8

我到来，阿尔山
为了亿万年前的那场火山喷发
为了那三千五百平方公里的岩浆
我到来。我看到了来自地心的燃烧和灭绝
我在寂静的荒原之腹潜行
我吃惊地层深处的崩溃，如此黑暗
如此不可逃离
它是怎样猛地一把掀开自己的头顶，把沸腾的血浆
大把大把抛洒
它引燃了山体，引燃了河流，引燃了所有的动植物
最后也引燃了自己
所有的疼痛都来不及疼痛
所有的肉体都不再是肉体
只有宽阔的大地撩起衣襟，献出了自己的胸膛
我注目这大片的冷却和凝绝
不断生出寸草求生之心

进入石塘林，就是进入了面对面的轮回
它们在生长，那些死亡过的
全都重新长出来，瞧啊瞧啊
它们长在一堆一堆的岩石上
长在一道一道的缝隙里。它们叫接骨木
叫爬地松，它们长得横七竖八
长得大呼小叫
长得青红皂白
长得又圆又长。哦
它们不但长成了自己还长成了自己的亲人
自己的恋人
自己的千万层子孙
石塘林，没有人能够控制你的生长
你穿透岩石遍布岩石的叶子和花朵多么符合我的光明之心
符合我的葱茏之心

9

哦，我多么喜欢白桦
阿尔山，感谢你让我看到了这最初的白桦
我见一棵喜欢一棵，见一片喜欢一片
当整座的白桦林出现，我惊呼
我不管它们高矮，粗细，强弱都统统
喜欢。我惊讶
我贪婪，我冲动，我伸出双臂，抱住一棵
又一棵
我要把整座的白桦森林喜欢一遍
要把它们的树坑、树洞、树荫和树顶上的所有神仙
挨个喜欢一遍

我不知道它的树皮为什么伤风一样
剥离，脱落
露出一只只祖父的眼睛，祖父那种被风吹过
被雪压过
在八月又被雷电击打、被野花揉搓过的
硬茬口的眼睛

谁睡在它们身体里等候蜂群
谁在它们的心脏把自己一圈圈使劲往外搬
往森林深处搬

谁忽然停下来，咔嚓一声
把自己拦腰拧断，又扑腾一声直挺挺掼倒在
别人身上

看啊看啊，小黄花抖起来
小紫花抖起来
毛茸茸的鼹鼠、松鼠、小石兔把找到的松子
埋起来了，阿尔山
你白桦上长满乌黑发亮的菌丝
让我从夜里一直疼痛到天亮

10

哈拉哈河是一条分蘖子孙的河流
是一条回家的河流
它把自己倒提在手里，扔给峡谷，扔给山野
扔给驼鹿扔给马鹿扔给野花
扔给外族

它长出树王长出姊妹树长出兄弟树
长出哲罗鱼长出桃花水长出木筏
它越来越深越来越宽它发出巨大的响声
它长出蝮蛇长出蝮蛇的毒
长出黑熊的胆

不冻河从不结冰
适合在零下四十度的雪天,用手捧起来吞咽
它的热气能看得见
岸上的马群牛群羊群用鼻子吸,用嘴唇舔,用蹄子踩
它河床上的草根肯定长满倒刺
哦,我多么想拥有一条这样的河
我的枕上我的门口多么需要一条
这样的河

我不是它们的切口只是一个
满身黄土的女人
我的干旱堆积在我的背上我枯黄的脸
让我羞愧

是的,所有的河流都有沉淀之力
阿尔山,你八月的河流从我心上流过
你的河流为我掏出遍地黄金

2015.8.22—8.29

道口,道口

1

我再次走进我的县城
我一定要走进来。我离不开它,我绕不过去它
我必须到来,因为它有我最深的那眼水井
有我最红最暖的屋顶和门框
所以,我必须一次次到来,一次次用身体摩擦,丈量
用额头叩拜
它是我最后的城堡,是我一辈子走不出来的牢狱
所以,我必须到来,无数次到来

每次走进来,它给我看到的,都不一样
我多次在梦里,在黑暗里,在飞翔里,走进来
都不一样
因此,我越来越温厚,越来越宽大,越来越低垂

它在不停地生长,扎根
它携带着它的羊群、它的胡同、它的树、它的鸟
往我头上、四肢、脚板,不停地扎根。它每次都扎疼了我
我到来,我孤魂野鬼一样,到来
我大口大口喘息,到来

2

道口是哪个王朝的道口，四间房是谁家的旧居
大槐树下的移民披枷带锁，带着脚指甲上的记号
开始点种，阳光从四间房的房顶，降落
婴儿的哭声让人喜悦
只要有土地，有雨水，有婴儿，就会有新的房屋建成！
就会出现新的村庄
九间房很快出现，然后是数不尽的村庄
如果你问呼村怎么走，我会问你“是西呼村？北呼村？
东呼村？魏南呼村还是李南呼村！”古老的呼姓就是这样一头扎进中原腹地
长出数不清的子孙。四间房就这样有了数不清的香火
和家族

我到来，我从五月的麦田中间，穿过
五月的麦田刚刚灌浆。我嗅到了小麦开花的味道
是啊，小麦开花了

小麦扑簌簌开花了。小麦的花粉从穗上
扑簌簌滚落，那是一种最醒目的甜，它深深埋进我的骨头和血液
我坐在田埂，闭上眼睛，猛吸一口
又猛吸一口

——它们没有颜色甚至不像花朵，它们着急长出面粉和糖浆
所以，它们着急得不像花朵

3

六月之初，小麦成熟

布谷鸟从来就没有离开，它只是从一个村庄飞回到另一个村庄

我和看护小麦的人，一同走上满是露水的金堤

金堤是遗弃在村外的金堤，它的身上长满无名的小草，无名的小花儿

它沉默，寂静

但它是隔断过黄河的金堤，是把黄河之水看管

引渡到平安之地的金堤

小麦还长在它们具体的根上。是啊，小麦具体的根

还举着它们膨大的穗，举着它们厚墩墩的金黄色

举着它们长了半年的种子。只要

风一吹动，它们就会冲出麦芒，滚落下来

只要它们被别的麦穗碰撞，它们就会冲出麦芒，滚落下来

只要布谷、鹌鹑、斑鸠、喜鹊从它们上空飞过

只要它们新生的翅膀，从它们上空拂过

它们就会冲出麦芒，滚落下来

我和看护小麦的人站在一起。不得携带火种！

不得携带汽油！不得使用打火石和聚光镜！因为

麦籽带着鼓胀胀的面粉和糖浆，已经冲出它们的麦芒。请

轻拿轻放！

4

收割机轰鸣着,开了进来
收割机的轮胎,蹦跳着,碾了进来,哦,我的小麦
收割机排着长队,举高它的镰刀,举高它的齿轮,大口吞吐
它金属的甲壳在麦子前晃动。它切割的缺口急剧张开,急剧
压下来。哦,我的小麦!

我听到了小麦被金属撞击的声音。它们顺从了收割机
顺从了巨大的轮胎和铁齿
它们被切割,麦头被击打,麦秆被扔在后边。哦,我的小麦!
我看到了被切割后的麦根,它们齐刷刷对着天空
张开腋下亮津津的小口

药王庙,你坐落在村中的大槐树下,你的周围
怎么也长满了挥之不去的面浆的甜味。你庙里的香灰能止住
麦根上一排排的伤口吗?它们现在正在变回枯草
我走进你的庙,就这么几步,就是来到药王的门前
就这么几步,药王啊药王
你能止住大地上一层又一层伸向天空的伤口吗
我忽然想放声大哭
我因为遇到了巨大的丰收,想放声痛哭!

5

我到来,我和播种的乡亲一起荡开晨露,把玉米的根
栽进泥土
小麦的根已经被挖开。是的,小麦已经不存在

小麦的根已经被粉碎，小麦的种子已经被押回到仓
这是被黄河数次淹没的土地。最终，黄河把黄河埋在这里
埋在了地下，埋在很深的土里。然后
黄河携带着满身的浮沉和泥泞，走过更深的淤泥
走过更深的沼泽，一头
扎进了大海

我在小麦的根下栽种玉米
墒是小麦的，现在还给了玉米
地气是小麦的，现在还给了玉米
墒和地气你见到过吗，我见过，因为我就是在这里出生

七月，我的北中原开始新的轮回。我的玉米开始发芽
那些机井，已经准备好了成千上万吨的井水
我必须告诉你，这是为数不多的地下水，它越来越深
越来越需要大吨位的马达和
电闸

6

八月、九月、十月，玉米自己在长
玉米用自己的心脏和血液，不分白天黑夜生长
它用自己的心脏和血液，长出糖浆和淀粉。从来都是这样

我从一个村子，走进另一个村子
坐在桐树下的奶奶对我笑，叫我的名字，让我吃她们的
马齿苋。一个奶奶做了两大筐虎头布鞋，她说她孙子的孙子，都有了
我要走了两双，放在我的书柜

一个奶奶编织毛毯，她用旧毛线编织
已经五十多个了。她最喜欢的事情就是，收集旧毛衣
很多人都给她收集
还有很多奶奶喜欢到庙里烧香，诵经
当然，也有很多奶奶带领家人信主，念圣经。主啊，永恒的主啊
我的父啊——他们在胸前画十字

玉米自己在长
我喜欢坐在玉米地，看那些淡青色的小蚂蚱
又飞又跳
它们刚出生，有美好的前程

有人告诉我，生病的人带着他们的病历，去省城做化疗了
有人告诉我，空气里的毒，辛辣，酷黑

玉米自己在长。玉米仅仅有五个月的寿命
八月雷电暴雨下来，玉米长得
黑压压，像很多乌黑的敌人，冲锋陷阵。最后
它们自己开花自己长出金黄的穗子
长出黄金一样的光明和温暖

我坐在玉米的根上，不断产生幻觉

7

我到来我无数次到来
我穿过你的边界，向着我的县城
向着我的河流，向着我的种子我的灌溉，跪拜

我到来,那所谓的界限,已不是界限
——它被针尖一样的生长穿透,被收割的生长穿透

这是粮食的中心,是耕种、收割、储存和酿造的中心
我到来,我在寒冷的冬天到来！新的麦根正在温暖的土壤下分蘖
哦,不要惊动它们,请下一场大雪吧
我多么喜欢雪上有太阳,雪下有麦根

我在十二月迎娶的炮声中到来
我在元月老人的丧葬中到来
他们笑我也笑,他们哭我也哭。我的道口
我的四间房已没有界限

其实不是我到来,是我一直长在这里
我从头发到脚底长在这里,长在具体的一棵小麦和玉米的根里。它们被耕种我也被耕种
它们发芽我也发芽
它们开花我也开花
它们等来了锄头、镰刀,我也等来了收割
它们等来了干旱和大水,我也从头发干旱,从脊背淹没

我一直长在这里,长在具体的一寸土缝
长在朝南的一面土墙的缝隙,长在具体的
一个井台的夹缝,具体的
一棵槐树树杈,长在外祖母晒在门头上的
一团旧棉花那里

2016.2.11

宛西问药

1

宛西问药
药在土里,在山里
在森林里。那懂药的人坐着他的雕像
面容像铁,像铜,像山河
更像身怀绝技的祖父
他说我们都是患有伤寒的人
是正在苏醒的人
他说,这个世界尚美好,也在苏醒

我们自北向南携带着轮胎和汽油
携带着满身的暴晒
我们正在流汗,我们头上住着成吨的乌云
和雷电
我们渴望得到启示
和神恩

2

我们渴望获得甘霖
和垂青。这是一种向往是一种本能
所有的人都需要打开自己

获得救赎
白色的城堡矗立
门悬葫芦，楼层错落
院子里长满了绿草和花树
夹竹桃在开花蔷薇在开花木槿在开花
人影晃动，哦
苦难的人带着他们的苦难，来到这里
祈求康复

天使出现。天使指引他们
天使带领他们。在草木之间
在花香之间，获得宁静和赞美

3

这是六月之盛
火焰和雨水正在诞下草木
草木之神迎风舞蹈，随手散下花朵
哦，草尖上有神灵走过
草尖下有神灵匍匐
它浮现出来成为群山的时候，它身上的最小的苔藓
也正在开花，正在发放灵符
六月之盛，那些没有出生的
会全部出生
那些没有死亡的，从此不再死亡
所有的草木都可以咀嚼
你吃下它从此你就会百毒不侵

4

购买九个山头,不允许人进入
不允许车辆进入
只为草木随便生,随便长
它们想长成什么样子,就长成什么样子
它们想爬过这个山头,就爬过这个山头
它们想长成红颜色的小果子,就长成红颜色的小果子
九个山头越来越清澈,越来越繁茂
九个山头里的部落和种族,越来越繁多越来越强大
它们恢复最初的样子
它们的干净和整洁,就像它们带着根须上的泥土
我们得到鼓舞,我们站在它们旁边

5

标本室是再生之地
是洗涤和悬挂之地
瓶子里的天空通透,直立
它们被洗涤,被展开,被浸润
哦,它们发芽的发芽开花的开花结果的结果
蓝色红色紫色鹅黄粉红黛绿……
叶子花朵根茎……哦
它们的美轻轻摇曳
所有的美被召集被追赶被通缉
叶绿素还在
腋下的绒毛还在
根须上的胎毛还在……哦

我们被治疗，被救赎，被修正
我们和它们同源

6

具体的药正在炮制，可以
首尾相顾。所有的秘方都在流转
在传送
站在起点，一根草药被检录，被分析，被称量
它将融入处方、偏方、秘方的
旋转和流通
它们带着各自的出生地，带着各自的风景和生克化合
进入熔炉，成为救命的灵符
一个流程短暂到几个时辰
可有人明明用了几十年的奔跑
如今，一切都在继续
它们刚刚从传送带上滚落，就被我一把
握在掌心

2017.7.5